图书在版编目（CIP）数据

爱陌生 /AZURE著．—福州：海峡文艺出版社，2012.12

ISBN 978-7-80719-937-3

Ⅰ．①爱… Ⅱ．①A… Ⅲ．①言情小说－中国－当代

Ⅳ．①I247.5

中国版本图书馆CIP数据核字（2012）第279157号

爱 陌生

作　　者 AZURE
总 策 划 贺鹏飞
策　　划 陈绍敏
责任编辑 何　欣
特约编辑 王晨光
出版发行 海峡出版发行集团
海峡文艺出版社
经　　销 福建新华发行（集团）有限责任公司
社　　址 福州市东水路76号14层　　**邮编** 350001
发 行 部 0591-87536797
印　　刷 三河市祥达印装厂
印厂厂址 河北省三河市杨庄镇杨庄村　**邮编** 065299
开　　本 640毫米×960毫米　1/16
字　　数 128千字
印　　张 14.25
版　　次 2013年4月 第1版
印　　次 2013年4月 第1次印刷
书　　号 ISBN 978-7-80719-937-3
定　　价 24.80元

如发现印装质量问题，请寄承印厂调换

目　录

Chapter 1

两个过程迥然不同，但结局却异曲同工的故事。

原本应该不会有交集的两个故事，各自代表着两段记忆，各自被藏在不同人的心底，深深地掩埋着。

一个也许。

却巧妙地、不带一丝痕迹地，将它们连接起来，发生过的故事，没有改变，那么未来的故事呢？

答案就藏在那一个“也许”里。

在南方，想要明显地感受出四季的变化其实有点难。

尤其是更靠近赤道的城市，一年十二个月，可能有八个月都是炎热的。

而她最喜欢的还是那五月到七月的梅雨季节。

不是喜欢装忧郁而爱上雨天，不是有忘不了的人只会在雨天出现，更不是雨天曾经与某个人有重要的回忆。

她只是，很单纯地——

喜欢这座城市的下雨天。

来到这座城市似乎已经有八年的时间了，她喜欢下雨的味道。

那种淡淡的潮湿的气息，那种整个城市因下雨的闷热与湿黏而产生的忧郁、躁闷，那种在蒙蒙的雨中，若隐若现的人群，是一种美。

一种让人上瘾、着迷的美。

但是，前提是她只喜欢雨，不喜欢冬天刺骨的冰冷雨滴，那会让她有种天空真的在哭泣的错觉，也不喜欢绵绵的春雨，就独爱夏天的雨。

所以，每次到了梅雨季，她总会怪异地撑着一把伞，散步在街头，然后找一个定点，就这么站着，耳朵聆听雨滴打在伞上的滴答声，眼睛注视着来往的风景。

没人知道她会做这么奇怪的事，至少身边那些认识她六七年的好朋友们不知道。

在那些好朋友眼中，她是个什么样的人呢?

应该是个开朗、搞笑，又是个爱电影成痴的人吧。应该。

她——陈郁婷，二十岁，单身，一个人住。外形普通，没有大大的眼睛，只有大小适中且双眼皮不太明显的眼睛。没有乌黑靓丽的长发，只有稍微过肩，且老是绑成一束马尾的朴素发型。不爱化妆，除非上班的内容是要给客户做美容，才会勉强化上一点裸妆。

还有，她也没有什么伟大的梦想，渺小的也没有。

忘了说，她的职业是汉生美容保养品店的美容师。

好吧……我看再继续这样描述这位不太像女主角的女主角，这篇小说也没什么好写的了，读者的耐性应该被磨得差不多要砸书了。

简单来说，平凡，就是她的代名词。

但是，再怎么平凡的人，一生中，一定也都会有个对他来说不平凡的际遇或回忆，也许只是匆匆一瞥的广告，也可能是一出小小的短剧，不管怎样——越是短暂，越容易让人印象深刻。

或许会在很久的以后，想起，然后会轻轻地莞尔一笑。

这就是她所认知的人生。

滴答滴答……答答答……答答……答……

下了一个多小时的雨，渐渐地停了下来。她听着那逐渐消失的雨声，有点失望地瘪瘪嘴，不是很甘愿地收起伞，准备漫步走回家。

“可恶……都是那家伙害的。”她忍不住喃喃咒骂她的上司。要不是在下班时跟他吵了一架，她也许还能赏雨赏久一点。

“您拨的电话，将转接到语音信箱……”特殊的来电铃声缓缓地从包包里传出。那是她特地给他设定的来电铃声。

“啧，真是说曹操曹操到！”她不满地咕哝，却还是接了起来，“干吗？”口气不是很好。

“你还在生气？”欧人豪在电话那头有点无奈地说，他就是这位脾气难以捉摸、花招儿很多的陈郁婷的老板。

“没有啊。”她口是心非地说道。

“是因为我妨碍了你赏雨的时间吧。”他是唯一知道她有这怪癖的人，虽然她早已忘记他是怎么发现的。

“哼……”

“好啦，不要闹别扭了，晚上要不要一起吃饭？”已经下了班，他现在是以朋友的身份约她。

“不想，我今天很忙！就这样！再见！”径自说完，她用力地按下了结束通话键，眼神，却落寞了起来。

淡淡地苦笑了一下，她收起雨伞。

看到这里，正常人都会以为那家伙是男主角吧。

但——不是的，也不可能是。

被挂电话的另一头，欧人豪无奈地笑了笑：“果然还在生气。”

“你可不可以不要再这么博爱了呢……”

走在回家的路上，她轻轻地呢喃着，声音虽然轻，可是却透露着很深沉的无奈感。

回到独自一人住的大楼前，一如往常地，中班的管理员阿伯，才刚上班就开始打瞌睡，很久没维修的电梯速度依旧很缓慢。

看着那数字灯，慢慢地从十楼开始往下降，忍不住发起呆来。

住在这里，大概有两年的时间了。她时常会觉得这大楼的时间是静止的，从一盖好的那刻就开始静止，不只是居住在这里的人一成不变，就连那些摆设及其他公用设备都一样没变。

她真怀疑，这栋大楼真的都没小偷闯进过?

叮——

电梯缓缓地打开，她叹了口气，按了六楼。一切都是这么平常，一天总是这样结束的。

她想，现在很多人都跟她一样吧。

日复一日的每一天，有的时候结束得莫名其妙。一直在虚度，却不知为何虚度。

走出电梯之后，往右边转，她租的房间在右转走到底的那间。每次，经过第一间屋子时，总是会听到吉他的声音。

她常会想，隐藏在那扇铁门后面的人到底是谁?

而且，每次这个时间经过，听到声音总是不同，好像都会随着屋主的心情而改变般。

有时是抒情的吉他弹奏，有时是疯狂的电吉他飙奏，有时又是一些乱七八糟的，总之，会觉得很有趣。

也渐渐开始习惯每天听这屋子的声音，即使只是短短经过的几秒时间，即使她跟那屋主也从没见过面，一次也没。

而今天，却意外地没有声音，很安静。

因为太安静了，让她忽然觉得，今天这条走廊似乎显得有些怪异，像少了些什么。

抿了抿唇，她并不想去在意那些。

乓！砰！

“这世界能不能安静一点？滚远一点！”

陈郁婷顿了顿脚步，满脸错愕，不过听那声音，他不会真摔了把吉他吧……

咔嗒，正当她慌神之时，那扇铁门打开了，一个留了微长黑发的男人，一脸凶样地走了出来。她转过头，恰巧与他那狰狞的目光对上。

有的时候，命运好像就是这么奇妙。

总是很巧妙地去安排人跟人之间的相遇。

住在这里两年的时间，从来只闻其声不见人影的一个陌生人，却在这么怪异的情形下见到了。

陈郁婷稍稍地回过神，是因为她闻到了一股血腥味，这才发现那家伙的右手正滴着血。

“血……血！”她激动地喊道，她开始感到眩晕。她是那种见血就吐的人，除了自己的血以外。

她往后踉跄了两步，有些站不稳，脸色苍白得比那手上还在流血的人还白。

“咳咳咳……”忍不住地，她已经直接在旁边吐了起来。

“喂……你……”他愣了愣，原本以为那女人只是反应太夸张，没想到还真的吐了……

“对、对不起……我不是故意……咳……你不要靠近我！”陈郁婷半蹲在地，脸色越来越难看。

——不行，再闻那个血腥味下去，真的会昏倒！

她有经验的，之前陪朋友去医院，就发生过几次这种状况。

他啧啧了两声，有点无奈，打开家门走进去。大约五分钟后，他已经稍微将手掌的伤口做了止血处理，并用纱布包了起来。

边包着自己的手，边想着，到底在干吗啊……让自己的手受伤，还要自己包扎……他原本是想就让那伤口这样烂的。

处理完毕，他又赶紧拿了一盒面纸出来，拍了拍陈郁婷的背：“你还好吧？”真是怪了，受伤的人还跑去问一个路人“还好吧”。

抽了几张面纸擦了擦，陈郁婷不断地反复深呼吸，慢慢平稳了下来。

她转头对那人尴尬地笑了笑：“真是……抱歉……你、你的手……”

“没事了。”他冷淡地回答着，接着又进屋拿了拖把跟水桶，准备来清理她的呕吐物。

“我、我来就好，真的很不好意思！”

“你别进屋，里面的血腥味儿还很重。”他提醒着，便帮她把水桶提出来。

“对、对不起……”

两人就这么无语了十分钟，直到她把那呕吐物清理完毕。

她在那陌生人家的门外等了好一会儿，他慢慢走了出来。

“你真的没事了？我真是第一次看到见血就吐的女人。”

“我……真的很抱歉，那你的手也没事了？”

“嗯。”说着，他转身就要走。

“等等……我请你吃饭吧？”陈郁婷喊住他，她真的觉得对这人很不好意思。

他没有回答，转头看了她一眼。

“我家……就在你家的隔壁的隔壁的隔壁，来我家吃吧？”她没有想太多地说道。

“哦。”他轻点了头，反正——他也不知道要去哪里。

简单的两碗炸酱面，轻摆在餐桌上。

陈郁婷还是有一点尴尬，她是很少邀人来自己家的，基本上她很注重自己生活的隐私空间，只有几个比较要好的朋友才来过她家几次。

她甚至巴不得在门外贴上一个“生人勿近”的告示牌。

所以，她认为眼前这个陌生人很幸运，也许他等会儿该去买个乐透之类的。

陌生人的一句话，打断了思绪早已去神游的陈郁婷：“你——一直盯着我看，是不是这面下了泻药？”他尴尬地让一口面半悬空着，那奇怪的邻居小姐，好像很期待他吃下去的那瞬间。

“呃……呵呵呵！怎么可能嘛，不然我也开动！”她赶紧吃了几口面，真是不小心就看着人家发起呆来了。

“对了……你的手，是你自己弄伤的吗？”她随意找个话题问。

“嗯。”

“这样啊……”

“嗯。”

“也许——你可以说说原因？”又吃了口面，她直视他的眼睛说道。

陌生人很明显愣了愣，没有回答。

“你不知道对吧？”

“什么？”

“有时候呢……过多的秘密藏在心底太久，是会窒息的呢！真的哦。”她嘴角扬起，轻轻地苦笑着。

“所以？”

“还有啊，很多事情，很多不能说的秘密，反而，更能说给一个陌生人听，因为，是陌生人的关系。”

"呵，你意思是说我是一个陌生人？都来你家吃面了……"

"当然啊，因为我们连对方的名字都不知道，不是吗？陌生人老兄。哈哈。"她开朗地笑了笑。

"那么——也许吃完面可以来说说看，陌生人小姐。"

"呵！"

一般来说——一个可歌可泣、惊天地泣鬼神、让人日思夜想想忘也忘不了的爱情故事都怎么开始的呢？

郭鸿翔常去想这个问题，反复地回忆他们最初的相遇。

但是——每次记忆总是模糊了起来。

因为太痛了，因为太不堪回首了，因为——太放不开了。

所以，选择模糊了。

但是现在，他会试着去把那一段记忆的始末，一一重新描述出来。

反正倾听者只是个刚认识不到一小时，连他叫什么名字都不知道的陌生人小姐。

"但说无妨。"陌生人小姐这么说着。

他接过一罐啤酒，顺手点起一根烟，跟着她一起站在阳台边，看着那不是很美丽的夜景，慢慢地翻阅起记忆——

她很特别，对我来说，也许这辈子，不会再遇见这么特别的女人了。

我知道，这个开头很老套。但我说真的。

还记得，那天是个连片云都没有的大好天气，气温高得吓人，光是站在阳光下几分钟，就感觉整个人似乎快变成人干了。

背着一把吉他，走在某大学附近，我开始想要寻找一间冰店什么的，解解热。

忘了说，那时的我还只是个刚当上吉他老师不久的新老师，还刚失恋，至于被甩的理由我到现在还是想不明白。

总之，那刚好是一段旧的结束与新的开始的敏感时期。

说失恋不难过当然是骗人的，但是难过了又怎样，一切都已发生，除非有时光机，否则一切都改变不了不是?

由于是午餐时间，这所大学附近相当热闹，除了一般的上班族之外，大学生的人潮更是占了一半。

我稍稍地停下脚步，看着。

或许因为我没读过大学的关系，我总是对大学生有一种憧憬，甚至是羡慕。

那会是什么感觉呢?

应该很青春吧?

真的有抽钥匙的联谊跟所谓的迎新舞会吗?

轻叹了一口气，不想再去多想，想也没用。

终于，在大太阳底下晒得满身是汗时，一间还蛮传统的小冰店被我发现了。因为天气很热的关系，里面挤满了人，让小店瞬间看起来似乎又更热了一些。

我看了看手表，还有点时间——距离上课还有半个多小时。

挤进了人群里，排了约十五分钟的队，总算抢到了一碗八宝挫冰，看了看周围，似乎没有多余的空位让我坐下了。

“这边可以坐。”右手边的角落，一个女孩轻轻说道。

我转过头看了她一眼，她温柔地对我露出善意的微笑，那是个两人桌，而她似乎不是很介意。

“没关系啦，这样你朋友等会儿来要坐哪？”我呵呵地搔头一笑，有点不好意思。

女孩轻轻垂下了眼帘，笑容似乎有那么一点勉强：“我朋友……不会来了，所以你坐没有关系。”

我看着眼前这位清汤挂面、脸上没有任何浓妆覆盖的清新女孩，有那么一瞬间，我似乎能感受到，她的心情。

“哦……那谢谢了。”我尴尬地笑了笑，有点不太敢直视她的双眼。

也许这么说很多人不会相信，我其实是个很容易害羞的人。

当然，每次我这么说，一定都会被身边的人嘲讽一下。说什么长得又不差，又会弹吉他，看也知道我是个把妹高手。

真是冤枉，也许就是被这些条件所困，我常会给女友一种不安定感。我又是很懒得去解释的那种人，如果她们要这样认定，然后开始对爱怀疑，那就代表她真的不了解我。

“你……是T大的学生吗？”我随意地找了个话题。

女孩边搅拌着已经融化了一半的巧克力雪绵冰，边看了我一眼，她似乎连一口都没吃，只是有一下没一下地搅拌着。

我突然觉得，我是不是坐下的不是时候……

“嗯，你也是吗？吉他社的？”

“不是，我是个吉他老师，呵呵……”

“真的？你……”正当她要说些什么的时候，她的手机响了。

她看了一下来电显示，表情有了些微的变化。

“喂……你在哪儿？”她只说了四个字，然后，就开始沉默了，瘦弱的身子，轻轻地颤动着，脸色也开始有点苍白。

“我累了……很累了……跟你在一起……跟你……你到底把我当成什么了？”她的声音开始抽咽，我有点不知所措地翻找起纸巾。

啪！

她用力地合上翻盖手机。

我默默地递给她一包纸巾，一句安慰的话也说不出来。

过了好一会儿，她深吸了一口气，终于抬起那低了好久的头。

周围的人群依然拥挤吵闹，但没人发现她此刻的难过，只有坐在她对面的我。

“哈……我失恋了呢。”她扯着一抹难过的笑容，很想要装出不在乎地说着。

"……"我词穷地看着她，开始有点恨自己为什么这么不会说话。

"而且……他说……他说……"说着，她的双眼又红了起来。

"吃冰吧，那会让你好一点。"我只挤得出这句话。

她看了我一眼，又努力地深吸了一口气。

接着，她一口接一口地、麻木地吃着，似乎想让那冰冰凉凉的味觉，赶走此刻翻搅的悲伤。

我看着，只能看着。

忽然，我想起了时间，赶紧看了手表一眼："糟糕！"

"怎么了？"

"我教课的时间要到了！"猛然站起身，我有点担心看了她一眼。她的状况真的很不好，即使她还只是个陌生人，我也担心她。

"那你快点去吧，还有……谢谢你陪我吃冰。"

我一听，赶紧翻了一下包包，拿出一张纸写下我的电话号码跟名字："我可以……天天陪你吃冰。"一讲完这句话，我就有点后悔了。这真是句蠢到不行的搭讪语，而且……人家才刚失恋……

女孩，轻轻地莞尔一笑："我叫13（音，十三），你快去吧。"

13。

我记住了，这个名字，这个——一直一直藏在最心底的名字。

"嗯！"

到底是多久之前的事了呢？

怎么，那天在大太阳底下奔跑的感觉，还是如此清晰。

而且，在奔跑之时，在那一刻开始，她的笑容，她的模样，就深刻地烙印在脑海里了。

我也许是个花心的人，因为那时我也才刚失恋啊……

可是，为什么从遇到她之后，就再也花心不了了呢？

为什么，为什么……想要放下对你的感情是这么的难。

13……

不好意思，我只联想到砵兰街十三妹……

Chapter 2

才发现，要忘掉一个人，可以这么容易。

那个才分手不到一个礼拜的前女友，她的样子早已模糊。

如今，我总不时地查看手机是否有陌生电话的未接来电、短信等，就怕漏接了 13 好不容易打来的电话。

一个礼拜过去了。

她是不是把那张电话号码弄丢了呢？还是……她的手机暂时不能打？又或者——她跟男朋友复合了？

种种原因，几乎不停歇地在我脑子里盘旋着。

心情变得很凌乱，连我自己都搞不懂这是怎么回事，除了练琴能让这思绪暂缓以外，好像没有别的方法了……

丁零——丁零——

我听着手机传来的铃声，不是很想去接。

因为这一个礼拜下来，打来的不是疯癫的死党，就是老妈，连诈骗集团都在这礼拜打了两通！

一连响了两通，我有点烦躁地接起电话："谁啦！"

"呃……你好，我是那天在冰店的那个……"

我一愣："13？！"

"噗……你还真的叫我13啊？"

"咦？"

"吃饭了吗？我们来重新认识一下好了。"

"嗯！好啊！"

我们最后是约在一间小小的牛肉面店，就在T大的附近。

出乎我意外，她很会吃，我们才一坐下来，她就点了一碗牛肉干面和十个水饺。

我有点诧异。

"干吗？女生就不能很会吃吗？"她开朗地一笑，语气中带有点小女人的任性。

现在她的样子跟说话的口气，跟上次见面的时候不同，至少我感觉得出来她没那么难过了。

“你们女生不都很怕胖吗？”

“谁说的，能吃就是福好不好。”

“呵。”不知道为什么，明明平常很搞笑、话也不少的我，面对她就会有一种不知道该说什么的感觉。所以我选择微笑。

“我叫刘依姗，上次跟你说13当然是乱讲的，呵呵。”她礼貌性地重新介绍着自己。

“乱讲……”

“嗯，因为，我以为我们不会再见面。”

“这样啊……”

“但是，我还是想认识你这个朋友，所以我就打给你啦。”似乎是看穿了我那一瞬间失落的表情，她又补了这一句。

此时，我们点的面都送来了。

热腾腾的雾气，开始有点模糊了她的脸，以及我们周围的氛围。

“那……我可以继续叫你13吗？”

她愣了愣，接着莞尔点头：“好啊，那我叫你阿翔？还是叫你老师呢？呵呵！”

我不知道该说些什么地搔搔头：“我还只是个菜鸟老师啦……”

吃了几口面，我没头没脑地说道：“你……还好吗？”

13的表情明显僵硬了一下，随即又恢复笑脸：“我很好啊，怎么会突然这么问呢？”

我放下了筷子，轻摸了摸她的头：“因为……我感觉你还是很难过……”

没想到，下一秒，她的情绪一瞬间溃堤，像是一直在等人对她说这句话，一直想要替自己找个可以放声大哭的借口……

13说，他是个浪漫又残酷的人，因为给了她太多太多浪漫甜美的回忆，所以当他残酷时，她不知道自己竟然会这样的无法承受。

13说，她讨厌一直为他流泪的自己，她甚至恨他……恨他那句，从来没有爱过她的话。

我要她别说了，只是静静地把肩膀借给她。

那天她点了一大堆食物，一口都没吃。只是不停地、不停地哭着。

我感觉得出来，那是她累积了一个礼拜，满满的伤心、压抑，在这一刻终于找到了宣泄的出口。

谢谢你选择找我，我在心底这么说着。

陈郁婷一口气将啤酒一饮而尽，还很没气质地说着：“啊！真爽！”

“所以，你就开始追她了？”

“怎么可能……我很害羞的好不好。”他白了她一眼。

“害羞？在哪里？看不出来啊……”陈郁婷调侃地说。

“你醉了吧？”他这才发现，在他刚刚说那一小段故事时，这女人已经喝了好几罐的啤酒。

“有吗？”脸已经喝得红红的陈郁婷，揉揉眼说道。

“既然不会喝，干吗在家里摆这么多酒啊……真是，我先走了，我扶你进去，你早点休息吧。”陌生人小姐，果然陌生得连行径都很怪。

咔嗒……

有气无力地关上门，陈郁婷揉了揉太阳穴。酒精的摧残，已经开始让她有点晕头转向地想吐。摇摇晃晃地走到一旁的沙发上躺下，那个陌生人老兄说得对，不会喝酒，干吗在家里摆这么多酒啊……

轻轻扯动嘴角一笑。

“那是因为……如果不这样……如果不这样的话……我会睡不着啊。”她当然知道自己不会喝酒，可以说是一次连灌三瓶啤酒就会醉的，但是如果不这么做，每当夜晚一闭上眼，就会想起他，想起那该死……又爱又恨的脸。

她知道的，那是不能喜欢的人。

可是，越是挣扎地想逃脱，她就越深陷在那可怕的泥沼中。

手机铃声响起，她的手随意地在桌子上摸了摸才抓到手机，一看见来电显示……她选择切断。

“是不是……该辞职比较好呢……”眼皮越来越沉，她呢喃。

今天那个陌生人老兄说的故事，她其实也都有在听哦。

只是忽然觉得，爱情是个很讨厌的东西，因为，它给的痛苦，永远比快乐多。

离开了陌生人小姐的家，他摇头叹气着。

“我是怎么了……居然还真的跟一个陌生人说起她……我在想什么啊！”站在她家的门外，他停下脚步看了一眼。

他一直以为，这户人家没有人住呢，因为他在这里住了两年多了，从没见过屋主。

原来是这么奇怪的陌生人小姐啊。

他耸了耸肩，没有再去多想这个不是很熟的人。

脑海里，早就又开始重播——他跟13初次相遇的画面。

忽然发现，好像这样说出来，真的轻松了一点点。

“13，现在的你，在哪儿……又过得好吗？”

她应该变了不少吧，但他一定没有变，他还是一样想她，还是一样——在这里等她。

她说的三年，已经过了两年了哦。

明年，她真的会出现吗？他可以……这么想吧。

一早，陈郁婷就被阵阵的雨声给吵醒。

她嘴角轻轻地一笑，太好了，是雨天呢。

拉开了阳台的拉门，她用力地吸了口那潮湿的雨气，灰蒙蒙的天空，亮光刚刚好，沁凉的冷意也恰到好处地为这个炎热的夏天带来一点清爽。

“下雨是好事……不过，这样上班就有点麻烦了。”抓了抓一头凌乱的头发，她走到浴室看着镜中的脸，双眼微微的浮肿，那是她每次醉酒醒来都会有的症状。

“对了……昨天那个陌生人老兄是啥时离开的啊……”其实她已经记得不是很清楚了。

手机铃声阵阵响起。

陈郁婷慢慢地走回客厅接起：“干吗？”

“整理好了没？我在你家楼下等你。”欧人豪在电话那头说着。

“……你没事跑来我家楼下干吗？”

“下雨天啊，你这样骑车很危险的。”

“……知道了。”她的表情开始复杂，抹了把脸。她不懂，越来越不懂他了，也不想懂！

他就是这样，从一开始他们认识就是这样，老做一些让人有多余遐想的事，不是她想太多，是……

一走出自己居住的大楼，外头的雨似乎比刚刚还要再大一些。

前方一辆黑色轿车。这时有人打开门走下来，他撑着一把伞缓缓走近。

“别告诉我你还喜欢淋雨。”欧人豪撑着伞到她身边，一只手很顺势地搂住她的肩膀，慢慢地朝车子那里走去。

此举动，不知情的人还真的以为他们是情侣关系。

陈郁婷忍不住看了他一眼——他难道不觉得如果只是把她当妹妹，这举动已经有点逾矩了吗？

“你干吗？今天是下雨天，怎么还是一副臭脸？”坐上了车，欧人豪忍不住说道。他觉得这女人这一阵子的心情都有种说不出的古怪，好像还越来越讨厌他了。

“没什么……只是，你下次可不可以不要这样了？”

“怎样？”

“对我这么好，要是我爱上你了，你可是会多一条很难处理的麻烦哦。”陈郁婷边拨弄着头发，边半开玩笑地说。

欧人豪一听，忍不住噗地一笑：“怎么可能……你也知道，我只是把你当成自己的妹妹一样，有哪个哥哥不疼妹妹的？”

陈郁婷仅是看着窗外，没有回答。

“你不会真的爱上我这个老人了吧？”欧人豪也半开玩笑地说道。

“你也知道你自己是个老人啊……那当然就不可能啦，我爱的是年龄差距不超过五岁的年轻人好吧！”陈郁婷嘟起了嘴，很自然地说道。

“那就好！我可不希望发生了不伦恋。”

——差十一岁就叫不伦恋？

陈郁婷在心底回答着。

没错，他这个上司兼朋友，就是个年纪大她整整十一岁的中年男子。

她是怎么爱上他的？她已记不清楚。只知道自己回过神后，一切都已来不及了。来不及替那情感踩刹车。

“对了，昨天晚上我有打给你，怎么没接？”欧人豪不经意地说着。有的时候他自己都没察觉，他对她的关心已经过度了。

“我睡了。”

“你哪有可能那么早睡？不会是跟男人在一起不方便接吧？”他随意地臆测着。

陈郁婷一听，淡淡地回应：“嗯，是啊，被你发现了。”

“哈哈哈哈……怎么可能，我认识你一年，你都没交过男朋友啊，连暧昧的对象都没有……怎么可……”平时那白眼的姿态又露了出来，有的时候他在耍小孩儿表情时，还真看不出来已经三十四岁了。

陈郁婷打断了他：“我真的是跟男人在一起啊，我家隔壁的隔壁的邻居。”

“……邻居？你不是从来不跟邻居打交道的吗？”

“别说得你好像很了解我。”

“你确实很好懂啊。”他咧嘴一笑，因为陈郁婷平常几乎都把喜怒哀乐摆在脸上，很容易就可以看出个什么。

——我很好懂？既然很好懂，那为什么，你还看不穿我喜欢你的事实？

“哼……死大叔。”她别过头，不想看他。

“是什么样的邻居啊？”

“说了你也不认识。”

“你又生气啦？”

“没有……”

欧人豪默默地不再接话，趁着等红灯的空闲，轻轻摸了摸她的头：“果然还是个小孩，真爱闹脾气。”

陈郁婷用力甩开他的手：“别老把我当个小孩子看！”

忽然，他收起了笑，很认真地回了一句：“我知道啊，我只是说你像小孩一样爱闹脾气，但是，我从来就没有把你当成一个小孩看过。”

她瞬间沉默地看着他，有时，她真的很不想去刻意解读他的意思，但是，她说了，她跟他是不可能的……

因为，她在上个月的某一天，终于明白，自己有多像个傻瓜。

滴答滴答滴答……

一大早的，雨就像是停不了的水龙头般，不停下着。

“搞啥啊……”郭鸿翔忍不住咒骂着，看着那一时停不了的雨，脾气不禁有些暴躁。

他讨厌雨天。没由来地，就是不喜欢。

就在他站在大楼的骑楼边，静静等待雨停之时，看见了一个陌生又熟悉的身影。

“陌生人小姐？”正想跟她打个招呼，一个看起来事业有成的熟男撑着一把伞走向她。

他打消了想打招呼的冲动。

“原来……有男朋友了啊……”他低声说道，“那还真是个傻女孩，昨天这样毫无防备地邀请一个陌生男子进她家……”

他就这样站在一个刚好的距离看着她，感觉此刻的陌生人小姐，又是另一个他所不认识的模样。

看得出来，她好像很喜欢那个男人，可是，为什么却又有种在挣扎些什么的错觉呢？

也许是他多想了吧。

他转身往另一个方向走。

忽然觉得命运就是这么奇妙！昨天，他与一个连名字也不知道的女孩相遇，隔日，他们又自然地变成相互走向不同道路的陌生人。

就好像，昨晚只不过是一时走音的小插曲般。

“13……命运真的很怪，对吧？”

一个礼拜后——

连下了几天的雨，终于又恢复晴朗的天气，气温高得吓人，紫外线更是无情得似乎要穿透每一个人。

难得休假的礼拜天，陈郁婷整个人都显得懒洋洋的。

“一个礼拜……又过了啊……”日子好像总是这样，日复一日，近乎没有目的地过着，有时回过头看那虚度的年华，都觉得了无生趣。

提着刚刚出门去买的一大袋零食，她拖着步伐慢慢走出电梯。

这一个礼拜，她没再在那间屋子里听见吉他声了。偶尔她会想，难道那个陌生人老兄搬家了？还是怎么了呢？

看着那紧锁的铁门，她猜想着。

正当她与那门擦身而过的瞬间，砰——

又是一阵巨大的噪音。

她顿住脚步一愣：“怎么？又摔吉他了？”

下一秒，铁门打开了。有了前车之鉴，她忍不住退后了几步，害怕又再度见血……

只见郭鸿翔这时正抱着一箱子的垃圾走出来：“哦，是你啊。”

“你……我还以为你……”

“你的表情该不会是说，以为我又摔了吉他，然后满手是血走出来吧？”他眯眼说道。

“呃……呵呵呵……我怎么会这样想呢。”她尴尬地呵呵笑着。

“真是……我只是刚刚在收东西的时候不小心手滑了。”他有点败给她，会不会想太多啦？！

他边摇了摇头，边把那一箱垃圾暂放在门外的墙边。

陈郁婷深吸了一口气，心说好险，没再见血了，不然她等会儿可能又要吐得乱七八糟了。

就像两条互不相干的平行线般，她转身往自家方向走，而他，则是默默地要关上铁门。

不知怎么地，他忽然抬起头道："喂，陌生人小姐。"

"嗯？"

"我家没有炸酱面，泡面要不要？"

陈郁婷一听，噗地笑了："那有啤酒吗？"

"啊？还喝啊……大白天的。"

"开玩笑的，大白天就喝酒，太悲惨了！"陈郁婷又马上接着道。

很怪的画面与气氛。

两个不相识的人竟一起坐在那没有电视的客厅中，默默地吃着泡面。几乎没有什么谈话。

喝了一口汤，郭鸿翔忍不住地打破沉默道："喂，你这样好吗？"

"啊？什么好不好？"

"你这样到一个陌生人家里来，你男朋友会不会怎样哦？"

陈郁婷瞥了他一眼："要不是我知道你心底早有个忘不了的人，我可是会误会你这样说是在套我话哦。”

“你在说啥啊，我是说真的，上次我有看到啊……你男朋友。”

“你说的该不会是一个开黑色轿车的人吧？”陈郁婷问道。

“嗯啊。”

“……他不是我男朋友。”

“……哦。”

“看起来像吗？”

“当时看到……正常人都会这样误以为吧？”

“这样啊……”陈郁婷抿着一抹苦笑，垂下了眼帘。

可是真的很可惜呢，可惜了那些误以为的正常人们，他们不是情侣，也不可能是。

“要不，这次换你来说说你的秘密吧？”

陈郁婷挑了挑眉：“你以为你这样就可打混过去哦，陌生人老兄！你上次话也才说了一半，不行！你先说。”

“又是我？”他故意用一个夸张的表情说道。

陈郁婷笑了：“对！”

吃下了最后一口泡面，郭鸿翔搔了搔头，接着又点起一根烟。好像只有不停地抽烟，才能在述说过去的这段时间中，不让那翻涌的难过情绪变得无法控制。

那天，我带着很复杂的情绪回到了自己的租屋处。

那是一间三室一厅的屋子。

我跟一个多年来的死党兼损友同住一室。

但是，有的时候我老是以为自己是一个人住，因为那家伙几乎不回来，要说他都在哪儿过夜，那得翻翻他的女友名单，一个一个找，才知道他今天又去“临幸”哪位可怜的小绵羊了。

一回到家，竟发现灯是亮着的，这才看见有一个人出奇安静地坐在客厅看电视。

“哎哟……真是稀客啊，没想到你在家。”我故意调侃地说道。

汉生不甘示弱地瞪了我一眼：“干吗？好歹这里也算是我家吧？”

“呵呵！不过你一个月在这个家过夜的次数，一只手都数得出来。”换上了室内鞋，我笑笑地说道，从冰箱内拿了两罐海尼根，一罐丢给了他。

“你去哪儿了啊？看你刚刚应该不是去教课。”他似乎发现了我没有带吉他出门。

“哦……去见一个女孩。”

“网友？”汉生没脑地说道，“还是你前女友啊？”

“都不是！”

“哈哈！你终于像个男人了！这样才对嘛，失恋了马上再交一个就行了！”

“拜托……我又不是你。”

“唉……你是不是男人啊，你不知道男人的本性就是花吗？”汉生一脸正经地说道。

“别闹了，她是个好女孩。”

“哟……已经开始替她说话啦！认识多久啦？”

“刚……认识。”

“刚认识？那也介绍给我吧！哈哈哈！”

“你想死啊！”

“哈哈哈！”

我一口气灌了几口酒后说道：“你今天怎么会在家？是不是发生什么事了？”毕竟我认识汉生也超过十年了，他的反常我当然看得出来。

汉生一愣，搔了搔头：“哪有为啥，就是想回家陪陪你啊……”他故意装出一副娘娘腔的样子，还挽着我的手臂。

我马上把他给甩开：“恶心死了！”

“搞不好……我其实是真的喜欢男人，所以才会对女人无法专情。”他摸着下巴，说得振振有词。

“哼！你别以为我不知道，你根本就是忘不了小爱。”

汉生一听，表情闪过一丝不自然，他的手机竟适时地响起。

“喂？宝贝……想我啊？好好好……那我现在就去找你哦，嗯，等会儿见——”

挂上了电话，我忍不住白他一眼，他还真是死性不改。

“抱歉啦，今天还是不能陪你，我宝贝在呼唤我了！”他痞痞地咧嘴一笑。

“呼个屁，你这采花大盗。”我摇摇头地说。

“唉，那个女孩叫啥名啊？”

“依姗……”

“哦……下次介绍给我认识吧！哈哈！”穿上了皮外套，他笑道。

“去死啦！你这辈子都别想认识她！快滚吧！”

“哼……真是小气啊……哈哈！”

很快，才匆匆回来家里的汉生，又不见了人影。

“你果然……还是没忘啊……没忘记那个小爱。”

我忍不住地喃喃。

空荡的屋子，马上又安静了下来。

可今晚，却出乎意料地不感觉寂寞。

“依姗……13……”反复地呢喃她的名字，我的嘴角，轻轻地浮现一抹笑意。

“我应该不是男人哦。”

“怎么说？”

“因为我太专情了……”

“……你不是也忘不了一个叫小爱的？”

“谁啊……”

“不知道！”

“……”

Chapter 3

我想，在恋爱时，我是一个很被动的人。即使我再怎么喜欢对方，还是会为了一些无聊的原因与坚持，迟迟不敢有所举动。

记得还是学生时，就常因为这种太过别扭的个性，错失了不少的恋爱机会。

后来练了吉他之后，原本想说看看恋爱运会不会因此顺一点，结果反而更糟，因为我对吉他的专注与热忱，常常会让我不小心忽略了另一半，这也同样是上个女友跟我分手的原因。

恋爱——还真的是个麻烦的东西。

可是，我还是喜欢13，那种很想要跟她在一起的喜欢。

就算已经有了她的电话，却还是不敢打。

到底是在矜持什么呢？我可是男人，难道还孬种到要等对方打来？

用力抓了抓头发，心情有些烦躁……

就在我犹豫不决时，手机适时地响起——是13！

我深吸了一口气，平复那瞬间加速的心跳后才接起："呃……喂？"

"在忙吗？"

"嗯……还好，刚下课。"

"刚下课？那……你应该还没吃吧？"

瞥了眼时钟，已经是晚上八点多了。13猜得真准，我是还没吃，更该说我根本忘记要吃饭这回事了。

"嗯……"

"真是的……你这样会把身体搞坏，我陪你去吃吧！"

"哦……好、好啊……呵呵……"我忍不住傻笑起来。

"但是，前提是你得来我家载我啊。"

"你家？好啊，那有什么问题！"

"呵……答应得这么快，你不怕知道我家在哪儿之后后悔啊？"

我耸了耸肩道："在哪儿？"

"我家住A市哦，这样你还要来载我吗？"她的声音带了点戏谑，似乎是想隐藏她那怕受到拒绝的惶恐。

我一听，浅浅地笑了："有何不可？只是怕你等到饿昏而已！"

"呵……"

真的很远，大约半个多小时的车程，会让人骑到有点疲累。

一路上，晚上带了点冷意的风充斥着，眼睛也因反复地进沙而有点干涩。可是，我的心却早已先一步地飞到13那里，一想到这，这路途感觉一点都不远。

原来她是这里人啊……

有一种，越来越想了解她全部的冲动。

其实我是第一次自己一个人到这里，之前只来过一两次，但都是朋友开车来的。这里确实有不少好吃的小吃，是大都市比较少有的味道。

这里算是很偏僻的一个地方。

等我沿着地图骑到它的外围时，路上几乎没什么亮光了，唯一比较宽一点的马路上，也只有那种好像风一吹就会熄灭的小路灯，微微地照耀着。

晚上一个人骑来这里，当下只有一个感觉——很安静。

不同于大城市，这里的安静反倒给人一种平和的感觉。

按照13报给我的地址，我总算在这没啥亮光的道路上，一条一条地找到了13的家。

大老远地，我就已经看到一个瘦小的人影在家门外等候——她真的很贴心。

“13！”

“骑很久吧？”13有点歉意。

“不会啦，很近很近！”我挥挥手，一脸不在意地笑道，就是不喜欢她在意太多，“倒是你，怎么站在外面等啊？很容易感冒！”

13愣了愣看着我，忽然，“噗”地笑了。

“你……你笑什么？”

“你真是一个温柔的人，阿翔。”她轻轻地说着，语气中似乎掺杂了些复杂的东西。

“呵呵……”我搔头一笑。

“我带你去我们镇上吃有一间好吃到不行的阳春面！”她眨了眨眼，接着跨上了车。

“已经九点多了……还有开吗？”

“有啊，他们都开到晚上十一点。”

“真的假的……怎么会有面店开到那么晚啊？！”

“骗你干吗？走啦！”

“哦！”

现在回想起那一晚，是多么令人难以忘怀。

且每一个场景，每一段对话，我都记得如此清楚，就连那时骑着摩托车，13 飘逸的发香，都还隐约嗅得到。

那应该是我第一次开始真正地认识 13，看见她最真的笑容，听见她滔滔不绝地介绍自己的小镇……

而我，也被那碗“好吃到不行”的阳春面给打动了，不是面太好吃，而是跟什么人一起吃。

当初那碗面的味道，是我后来怎样也追寻不回来的。

“阳春面啊……你还真好收买，看不出来哦！陌生人老兄！哈哈……”陈郁婷有点半醉地说道，斜躺在郭鸿翔家中的黑色沙发上，一副完全忘了这不是自己家的样子。

一抽回还在回忆的思绪，郭鸿翔有点无言地看了陌生人小姐一眼：“喂喂……不是自己刚刚才说，大白天喝酒太凄惨了吗……真是……心口不一的女人。”

“有什么关系？”

他叹了口气，走到厨房替她倒了杯热水：“喏，喝一点吧。”

陈郁婷撑着昏沉沉的头，一口气喝了半杯热水，那种恶心想吐的感觉总算压制住了一些：“喂，你说了那么多 13 的事，可是都没形容她到底长怎样啊。”

“长怎样……嗯……她啊，笑起来的时候，有一对小小的梨窝，眼睛大大的，像是会说话一样，跟一头微微大卷的黑色长发，总之，她很有气质就对了。”他边说边在脑海里重新刻画她的模样。

是啊，很有气质。她还有一种特别的魅力。

“是吗？”看着陌生人老兄那在谈论她时的专注表情，她忍不住微笑了。真好呢！真是个专情的男人……真好。

“喂，陌生人小姐，很不公平哦，是不是也该换你讲讲了？”

“呵……你有兴趣啊？”

摊了摊手，他故意模仿着她说话的样子：“但说无妨。”

“哼……”

又喝了几口酒，她带着几分的醉意，缓缓地道：“我啊……很怪哦……我老是爱上——不能爱的，虽然过去也有几次这样的经验，但都没有这次的惨，这一个人……应该是任何女人都不该爱的人。”是啊，朋友也都劝过，可她还是无法自拔地深陷，怪谁呢？

郭鸿翔没有接话，只是选择默默地聆听。

“而且，不能分享，不能跟任何人分享爱上他的事实。”她的语气说得心酸，说得感慨。即使她努力地想放下了，却始终找不到能够弃权的方法。

悲哀。她老是这么嘲笑自己。

此时，郭鸿翔随手拿起了吉他，开始轻轻拨着弦，拨响寂寞的合音。

她笑了，真是一个适合淡淡描述故事的情境呢。

她轻闭上眼，耳朵边回旋的吉他声，让她的脑海渐渐浮现起对那男人的第一印象。

那是快一年前的事了——

感觉时间过得还真快，现在这样想想，他还真是一个花最少的时间，就了解我全部的人。

我不太喜欢谈自己的事、自己的过去，虽然这样老给人一种距离感，但不知道为何，我就是不喜欢。

身边除了几个认识十多年的好友知道我全部的事情以外，其余后来才认识我的朋友，总是会很认真地跟我说一句话："我觉得……认识你好几年了，我却好像只认识你的皮毛，永远无法认识你的心。"

第一次被人这样说时，我很难过，但那种难过只能悄悄地隐藏在心里，表面，我仍旧逞强地装作一切无所谓。

"那么，有任何事情再打给我，我要去我男朋友那里了。"跟我最要好的佩倩说道。

每个月，我们都会像这样聚个几次，一起到咖啡厅，说说女人之间的八卦，抑或相互分享着近况。

"嗯，你快去吧！"我笑道。

她摸了摸我的头，我常在想，佩倩根本就是我第二个母亲，每天总是为我瞎操心。

"郁婷……我真的觉得你该交一个男朋友好好照顾你……"

我白了她一眼，有点受不了："拜托，我又不是小孩子了。"

"我知道你不是小孩子了，但是你有没有发现，你一直在抗拒长大？"佩倩轻轻地说着。

我一愣，真的觉得她已经懂我懂到一个最高境界了，连我心底最深层的想法都猜得到。

"我……"我无法回话，因为她说的是事实。

"因为……"我不想要变成那种只看得见现实与金钱的讨厌大人。我不想。

所以我拒绝，拒绝去理解一切……

她又摸了摸我的头："我懂……好啦，我真的要迟到了，看怎样再联络喽。"

"嗯。"

咖啡厅内，对面的人已经离去。我呆坐着，一阵空虚。

滴答滴答……寒冷的冬天，居然忽地飘起了小雨。

我忍不住一笑，还真是雨神出门，必定下雨呢。连在冬天的效果都这么可怕。

没错，每次只要是跟佩倩有约，晴朗的好天气总会忽然下起雨。

"还好有带雨伞……"不过，我前面就说了，我不喜欢冬天的雨。

那感觉——太悲伤了。

没有办法，我撑着小小的折叠伞，散步在这条商店街上。

已经是傍晚，不过这条街赚的几乎都是学生的钱，所以不到傍晚五六点，人潮还是不太多。

一步又一步地，当我还处于慌神中、游走在雨滴越来越大的街道旁时，忽然经过一家专卖钢琴的店。

我在那宽敞的玻璃橱窗前驻足，视线忍不住落到了一架白色钢琴上。

我不懂乐器，只懂得欣赏。但是以前，我真的对弹钢琴憧憬过。

那个时候，爱做梦的自己去哪了呢?

我记得我很爱幻想的，才发现自己似乎很久没做过梦了。

看着那架白色钢琴出了神，也导致我根本没发现有个人一直在后面朝我这个方向奔跑，一面还喊着:“肉包……肉包……”

一只几乎失控的拉布拉多犬，口水随着奔跑到处乱甩，目光似乎直直盯着我……

等我发现它时，它已离我不远。

不妙。我心里这么想着。

差点忘了，我是属于狗见狗爱型的人。不管我走在哪条路上，搭了哪间大楼的电梯，只要是狗，一看见我不是兴奋地到处乱吠，就是直接往我身上扑……

依它此刻的步伐与我的猜测，百分之两百肯定，它要扑上来了。

我用力地闭上眼睛，连逃的想法都没有，就只是等待。

“嗯？”好几秒的时间过后，发现没有动静，我才慢慢睁开眼，看见了一个穿着休闲装的大叔及时拉住了他的狗。

先生，麻烦下次把自己的狗管好好吗？我刚还以为我这身衣服都要毁了！我忍不住心底咒骂着。

“啊！不好意思、不好意思！肉包！你看！人家生气了！”男人轻拍了肉包的头一下，肉包一脸仿佛知道自己做错事的样子，低着头，一脸无辜的表情。

“噗……呵呵！还蛮可爱的嘛。”我笑了，没想到，下一秒，肉包却开始用力抖起身上的雨水！

“天！”来不及躲避，我跟男人两人都沾满了泥巴水。

跟他互看了一眼，我们一起笑了。

“进去这间店里吧，我认识这家店的老板，去里面把衣服稍微擦干净？”男人提议着。

我看了眼这家店，点了点头。

店家的老板人很好，给了我们湿纸巾，还帮我们泡了两杯咖啡。

“你家的肉包又闯祸啦？”年纪大约四十上下的中年男子，推了推眼镜，笑道。

我们三人同时将目光看向被绑在门口，楚楚可怜的肉包。

“呵呵……”我笑着。

"小姐，刚刚看到你在外面看那架钢琴，你喜欢？"老板忽然说道。

"哦……没有啦，我不会弹，只是单纯地很喜欢。"

"也许我们的欧哥可以试试音色给你听？"他眨了眨眼笑道，接着看了男人一眼。

"咦？"看不出来这个大叔还会弹钢琴啊。

他耸了耸肩，表示没问题，接着便慢慢在钢琴前坐下，然后打开了钢琴盖："好久没弹了呢。"

轻轻地试着敲了几个音阶，他熟练地弹奏起一首我从没听过的歌曲——只是单纯地弹奏，却让听的人脑海中浮现出很多画面。

我嘴角轻轻上扬。

老板看了我一眼说道："别看他这样，他拿手的事物，可是超乎你的想象哦。"

"你是说他不只会弹钢琴？"

"当然！"

结束了弹奏之后，他不好意思地搔了搔头："好几年都没怎么弹了，见笑了。"

"怎么会？！很好听！"我马上纠正起他那负面的想法，"真的！"

"呵……对了，还不知道你的名字。你好，我叫欧人豪，这是我的名片。"说着他礼貌地伸出手。

我跟他握了握，笑道："陈郁婷。"

“啊……我家的狗叫肉包。”

“呵，我知道。”

是不是，总是这样？

越不一样的相遇，越会给人一种无限的遐想，但是，当遐想变成一种南柯一梦式的幻想时——很痛！

因为，已经忘不了了。

那天或许本来就不该去咖啡厅，不该往那条路走，不该在钢琴店停下脚步，不该被狗身上的水弄脏衣服还那么的冷静，不该跟着他进去，不该……

太多的不该了。

却什么也阻止不了了。

“美好的回忆，总是难以忘怀……我问你，这世上真有爱吗？”她没头没脑地说着，很明显，她醉得差不多了。

“爱？你在说什么啊？”

陈郁婷又灌了几口酒。

“你不要再喝了！要是等会儿吐在我家的话，我一定直接把你赶出去！”郭鸿翔用力抢走她手上的酒。

“呵……我之前，看过的电影其中一部就是这么说的啊！世界上真有爱吗？也许人的一切一切行为……都只是因为基因作祟。世界上，没有爱的。”喝醉也好，真实也罢，她努力地想让自己相信这件事，这样……她就不会这么辛苦了。

“别被那种充满歪理的电影给混淆了你的思路，那只是电影。”

只是电影？人生不也是仅仅如此，跟一场电影一样。

沉默了好一会儿，郭鸿翔一愣：“不会吧？睡着了？天……”有点无奈，他怎么会让一个完全不认识的女人来自己家里，而且还喝醉睡着了？

瞥了眼时钟，才快中午，这女人就喝醉了。

“基因作祟……是吗？”忍不住地,他忽然想起刚刚她说的那句话。

不知道睡了多久，等陈郁婷睁开眼睛时，屋子已一片漆黑，揉了揉太阳穴，被酒精害得有点偏头痛起来。

“嗯……这里好像不是我家。”巡视了周围一下，她说道，“啊……我好像在陌生人老兄家喝醉睡着了？！”搔了搔头，心说那家伙应该蛮困扰的吧，整理了一下衣着，她站起身准备要回家去了。

没想到她这一睡就睡到了晚上快七点。

真是糟糕，且还不知道屋主跑去哪了。

“哦，你醒啦？”

陈郁婷着实抖了一下肩膀，她还以为他不在……

转过头，她尴尬地呵呵一笑："真、真的很抱歉……"

郭鸿翔恰巧从工作室走出来。

"道歉有啥用？你还不是都睡醒了，不过下次别再喝酒了，你酒量明明差得要命。"

"呵呵……"

哗啦……哗啦啦啦啦……

熟悉的雨声，此时从阳台那边缓缓地传进来。

"下雨了……"她淡淡地说着。

郭鸿翔则是不语地走到阳台边，看着。

"喂，陌生人小姐，你喜欢雨天吗？"

陈郁婷一听，嘴角浅浅地笑着，接着就跟着他一起站在阳台边，两人一起欣赏着这难得的美景。

"我……很喜欢，但只喜欢夏天的雨。"她嘴角浅浅地笑道。

"只喜欢……夏天的雨？呵，果然跟你的人一样怪。"

她拉开了阳台的玻璃门，径直走出。

沁凉的雨滴些微喷在脸上，她静静地看着。

"你知道吗？下雨的时候，反而是这个世界最没有多余杂音的时候。只有滴答的雨声，像是一种……思念与寂寞的旋律。"

"想不到你会说出这样的话。"

"呵。"

“但是为什么只喜欢夏天的雨？”

“因为……呵，不告诉你。”

“哼……”

就这样，他俩沉默不语地盯着这被雨笼罩的城市。

这应该是第二次，她跟一个陌生人一起赏雨。

可是她知道，这感觉是不一样的。

不一样。

此刻，他俩的思绪，各自缓缓飘往不同的方向，就像这雨滴，轻轻地在脑海里——滴答滴答着。

“你到底叫什么名字？”她忽然开口问。

“你不觉得我们这样也挺好的？”

“什么？”

“互相……在不知道名字的情况下，比较好。”

“……是吗？”

也许吧。

“可是，我已经知道你的名字了，郭鸿翔先生。”

“咦？！你啥时知道的？”

“刚刚啊，我在桌上有看到你的教课时间表，上面有你的名字啊。”

“……那你也告诉我你的名字。”

“你刚刚不是说，这样比较好吗？”

“喂喂……”

“陈郁婷，我只说这一次。”

Chapter 4

一个人跟另一个人之间的相互认识，到底有哪些步骤？

陌生到了解——不过短短五个字，为什么可以很难，也可以很简单？

她与那个住在隔壁的陌生人老兄，他们不过花了短短几天，就相互知道了好多秘密。

但是，对于欧人豪，她似乎永远无法了解他。而他，同样也永远不会知道，她心底隐藏的秘密。

明明他才是她最希望能了解自己的人。

有点害怕了。

怕什么她说不清楚，就是怕。

陈郁婷看着镜中的自己，特地化了点淡妆，穿上了比较简雅的衬衫，今天又有几个美容要做。

她在欧人豪那里担任的职务，是美容产品的业务员兼美容师。在那里工作也快大半年的时间了。半年，对她来说很漫长，也很痛苦。

丁零——丁零——

一大早的，手机就刺耳地响着。

她一看来电显示，有点蹙眉："喂？"

"你什么时候才要回来？"电话那头，是她好久不见的姐姐。

"我不知道……我觉得我现在很好。"

"很好？！陈郁婷！你还要逃避到什么时候？"

陈郁婷揉着眉心叹了口气："姐姐，别再老是跟我争论这个问题了好不好？你也知道，我要是听劝早就回去了！"

"你什么时候，才能学会不逃避？"

"姐姐，你那里现在应该是半夜吧？快去睡吧。"

"我打来，是要告诉你，下个月你有机会再一次——"

"拜！"她垂下眼，极力地想隐藏住某种波动的情绪。

长叹一口气，她还刻意地删除掉了这次长途电话的通话记录。

但是她知道，就算删掉了记录，也删不掉记忆。

你什么时候，才能学会不逃避？

这句话，在她脑中回荡着。

“什么时候啊……也许一辈子都学不会吧。”她喃喃着。是啊，因为，不止那件事，就连现在面对自己的感情，她也都选择了用逃避来解决问题。

没什么不好，真的。

反正，只要还有呼吸就够了。怎样过完这个人生，她一点都不在意。

来到公司，她装着一脸若无其事。

每天早上，欧人豪总是习惯性地在她桌上放一份早餐。

看着那份早餐，又看了看周围的几个同事一眼，她满脸地无奈。

“协理对你真的很好啊。”有着天生一张冶艳外表的媛媛，羡慕地说道。

“呃……只是早餐而已。”

“你们该不会是在一起了吧？”小蕙停下敲打键盘的手，八卦地问道。

“想太多了！这怎么可能？！”陈郁婷边笑边拉开椅子坐下，刻意地假装不去在意这个话题。没错，只要回答得冷漠一点，她们很快就不会再追问下去了。

追问也没用。

因为他们之间真的没什么。

一早起来，郭鸿翔就打了个大哈欠，静静地躺在床上看着天花板，一动也不动。

他经常这样的。

就算早上睡到自然醒了，还是会默默地这样躺着发呆，直到闹钟响了为止。

发呆的时候，他都在想什么?

也许在想 13 吧。

想着想着，他忍不住想起了昨天——

陈郁婷……嗯，他知道她的名字了。

这样算起来，也算认识了这个女人吧。

他还以为 13 离开后，他不会再认识任何女人了。因为他根本看不见，也不想从别人身上寻找她的影子。

“不对，她还是陌生人，就算知道了名字，她仍然只是个陌生人。”他摇了摇头，告诉着自己。

对啊，顶多也只是个邻居，仅此而已。

刻意让自己别认识任何女人，原因也是因为怕 13 的记忆因此模糊得更快，他不要，他也不想。

他不要自己忘了她。

因为她一定会回来的。他深信。

即使他深信如此，也会日日夜夜地反复痛苦着。

“这是上帝给我的课题，所以，我不会逃避，不会。”他总是这么鼓励着自己。

闹钟响了，崭新的一天有了个开始。

他迅速整理了一番后，便匆匆地出门。

走出了大楼大门，越走，越觉得奇怪，怎么今天的脚步特别轻盈？

“我忘了带电吉他！”用力抹了一把脸，他有点诧异自己居然健忘成这样。

是老了吗？还是太多事情一直盘旋在脑海里？

“简直……就是一个莫名其妙的早晨。”在重新走进电梯时，郭鸿翔自言自语着，然后看着电梯门缓缓地关上。

而此时，旁边相邻的电梯，几乎是同时地打开来。

走出的是一早准备去上班的陈郁婷。

毫无感觉地擦肩而过，发生在一个只有些许浮动的早晨。

过去的两年来，也许他们就是一直反复地这样，擦肩、错过、平行、没有交集，过着各自的人生。

唯一有相同交错之处——就是他们同样都在每个夜深人静里，思念起某个人，怀念起某段记忆。然后，沉浸在那自以为是的寂寞中。

回到家中拿吉他的郭鸿翔，在开门之际，忍不住瞧了陈郁婷家门一眼。

这就是认识与不认识的差别吧。

以前他以为那里面住的人应该很怪，因为他从来没看人家出门过(其实只是自己没遇到过人家)，没想到，本人的确怪怪的，但却又……

“啧，我想她的事干吗？妈的！要迟到了！”早知道就不要在床上多发呆那么一下了！

原本应该悠闲的早晨，在一堆小事情的堆叠中，变得匆忙起来。

这应该是每个人都有过的感触。

而很多微乎其微的小变化，也总掺杂在这看似不重要的细节里。

但是每当自己发现时，很多事情都已改变不了，很多感觉都已控制不住。

“是的，我们的产品保证是植物萃取，完全不添加任何成分的东西，你如果去市面上买，它的成分或主要成分里，一定都会有添加物……”在一段冗长的介绍后，陈郁婷边询问客户的了解程度，边开始替她做脸。

这是每次做脸的必备桥段，必须要让客户充分地了解待会儿是什么样的精油涂抹在她的脸上。

“好的。”有点年纪的客户点了点头，便随着她一起来到香疗室。

在经过了卸妆、去角质、蒸脸等步骤之后，开始使用他们公司的特殊精油进行指压。

原本闭着眼睛看似睡着的客户，忽然缓缓开口道："陈小姐，你有心事？"

"咦？"陈郁婷一愣，一般来说，进行到指压这个步骤的客户们，几乎都已经舒服地睡着了……她怎么会突然这么说？

"呵呵……别惊讶。"

"李小姐……"

"因为我从你身上……看到了我自己。"

"什么……意思？"

李小姐睁开了眼睛，直视着她的双眼："你喜欢刚刚带我来的欧先生对吧？"

"怎、怎么可能……呵呵。"陈郁婷别开了视线，已经有点不太专心。

"我是一家保险公司的副经理，以前，我还是小职员的时候……也发生过跟你一样的事哦。"李小姐的眼神忽然变得有点苍凉，感觉得出来，那并不是一段快乐的记忆。

"……"

"放下吧，你知道的。"

陈郁婷并没有接话，只是默默地抿着唇。

"现在，还来得及。"说完了这句话，她又缓缓闭上眼，不再说话。

送走了那位客户后，陈郁婷显得有些得无力。

“怎么了嘛？今天看你无精打采的。”不知何时忽然出现在员工休息室的欧人豪问道。

“没事，你别管我。”连看都不想看他一眼，陈郁婷冷冷地说着。

“你又在生什么闷气？”欧人豪坐在她身边，轻摸了摸她的头。

陈郁婷迅速地拨开他的手：“你知不知道，你这种动作，还有，你每天送早餐给我吃……在别人眼中看起来有多暧昧？”

“暧昧？”欧人豪微愣，随即又恢复笑容，“原来你是在闷这个啊？你知道吗？暧昧这种事……不是有其中一方喜欢另一方的话，是不会有暧昧的感觉的。”

“什么意思？”她有点紧张，害怕他早就看穿了。

“本来就是啊，就是一方喜欢其中一方，才会容易把一些动作情绪给解读成暧昧啊。所以，只要你没喜欢我，别人怎么讲就不要太在意。”他说得轻松，像是这根本不是什么大不了的事一样。

她怔怔地看了他一眼：“是哦。”

欧人豪轻蹙了眉头，半开玩笑地道：“你该不会真的喜欢我吧？”

是啊，喜欢你又怎样呢？她想。

“我看你比较可疑吧！我可是貌美年轻的女孩，怎么可能会喜欢上大叔！”吐了吐舌头，她故意说着。接着就像是逃跑般，迅速地拿起了包包，“我先走了！”

欧人豪垂着眼，嘴角轻轻地一笑。那笑容很复杂，让人猜不透。

点起了一根大卫杜夫淡烟：“真是一个……傻女孩。”

其实，他也搞不懂，自己到底是怎么看待她的？到底……把她当成什么？

逃跑般地离开了公司。

她觉得自己在他面前，越来越狼狈。

“我在想什么……到底在想什么……明明告诉过自己了啊……朋友就好，朋友就好……”

朋友就好。

能够像现在这样，可以跟他吵架，可以稍微贪心地享受他的体贴，就够了。

所以，别再奢求什么了。

背着包包，她不在意地在大马路上散着步。不知不觉，竟慢慢地散步到巨蛋站附近的公园。

停下了脚步。这里，真的变了很多。

还记得以前，这个还算蛮大的公园再普通不过了，如今人潮拥挤，许多外地人在逛完商场之后，总会顺道来这个公园稍事歇息。

啊啊！她想起来了呢。

刚认识欧人豪不久的那晚，他们也曾在这个公园散步。

忽然，陈郁婷这才发现公园里的某处似乎围了很多人，不知道在看些什么。

基于好奇，她也朝那边凑过去一探究竟。

就在快接近人群时，渐渐听见了优美的歌声，跟简单的吉他声。

挤进去一看，是一个年约四十的男人，一脸悠闲地弹着吉他伴奏着，另一个看起来约莫跟自己差不多年纪的小女孩，正缓缓地唱着一首日文歌曲。

她有点震住了。

虽然听不懂，但是，不知为何，那歌声有一种引起她共鸣的感觉。

缓缓飘浮的旋律，带了那么一点哀伤与无奈，就像此刻她的心情。

对于欧人豪，她是无奈的。

一首歌结束得很快，就像她对他的感情般，只不过是昙花一现般迅速。他不会记住她，因为她对他来说，她只是个过客。

在众人的掌声之下，两个搭档轻轻地鞠了个躬。

“老师！”一个熟悉又陌生的声音，从人群中传出。不一会儿，郭鸿翔便挤到了最前面，一脸诧异地看着这两个人：“你们在干吗啊……不是约好在巨蛋站等的吗？”

“你还敢说哦！还不是因为你迟到，我们才来这里弹琴练唱一下的啊。”小欣嘟嘴说道。

“是啊……阿翔，你该不会又忘东忘西地反复进出你家，所以才这么晚到吧？”中年男子呵呵地笑道。

“我……”被人说中的他，脸马上红了起来。

“你看！那这样是谁的错？！”

人群在他们争论之时，渐渐地散开了。

郭鸿翔往地上一看，便看见小欣那摆在地上的鸭舌帽中，还赚了不少刚刚路人丢的钱。

“喂……你们干吗还摆一顶帽子在那啊？！”

“顺便赚钱喽！嘻嘻！”小欣对着中年男子眨眨眼一笑。

“郭鸿翔……”有点讶异的声音，从他后方传来。

陈郁婷有点愣住，想不到会在这里遇见他。

“咦？陈郁婷？”

“好巧。”她轻轻地微笑，说道。

“啊……嗯……是啊，好巧。”

完了，他想，等下一定会被小欣那个小毛孩儿追问她跟他是什么关系……

莫名其妙地，陈郁婷居然跟着他们上了地铁。

应该是说，她是被郭鸿翔的老师跟那个叫小欣的女孩，半推半就地给拉上车的。

“……你们两个是怎么认识的啊？”小欣笑道。

“呃……只是邻居。”她简单地说着。

“听到了没有，只是邻居，所以别一副想知道八卦内幕的脸。”郭鸿翔白了小欣一眼。

“那么，你跟我们阿翔在一起了吗？”老师也跟在后面补了一句。

“老师！怎么连你都……都跟着小欣瞎起哄？”

“呵呵……开个玩笑。”

“请问……我们是要去哪里呢？”陈郁婷询问着，她还是一脸的疑惑。

“哦，我们今天是要去老师的工作室，你来的话可能会很无聊。”郭鸿翔说道。

陈郁婷无言了一阵，心说既然会很无聊，或根本不关她的事，干吗还硬拉她上车啊？

“婷婷，你别担心啦，我们不会把你卖掉的！”小欣眨了眨眼，笑容中似乎藏了什么诡计般。

“婷、婷婷？！”陈郁婷一愣，小欣那女孩叫得可真顺口。

郭鸿翔轻拍了小欣的头一下，说道：“喂，你干吗乱给人家取绰号啊。”

小欣嘟起了嘴：“有什么关系！这样感觉比较亲切嘛。”

陈郁婷在一旁看着他俩的相处模式，似乎渐渐地明白了什么，这应该就是所谓的旁观者清吧……她跟欧人豪平常的相处，似乎也跟他们差不了多少，就像兄妹一样。

“婷婷，你今天就当我们唯一的听众吧。”老师漾着和蔼的笑容，说道。

“喂，你可是很幸运的哦，平常听老师演奏，可是真的要付钱的呢。”

“呵。”

大约才坐了四五站，他们便在大远百站下了车，之后步行了约莫十多分钟的路程，经过了热闹繁华的商场，穿越了充满小吃的巷弄，来到一间装潢类似酒吧的店面前。

看了眼那黑色木门上挂着一个标示营业时间的牌子，才发现这间店大概是晚上十点才开始营业。

郭鸿翔看陈郁婷一脸疑惑，便解释道：“这间是老师的店，大多都晚上才开始营业，类似酒吧的感觉，只不过这里是纯音乐酒吧。”

“那不就跟蓝色狂想有点类似？”跟着大家的脚步走在后头，陈郁婷说道。

走在前头的小欣一听，马上回过头道：“才不一样呢！这里的主打不是酒，可是音乐哦！”

“这样啊……”

“来吧，我的工作室在二楼。”老师说道。

陈郁婷边走边看着一楼的摆设与布置。

真的相当的特别——店内的桌椅是以不规则的方式摆设着，但乱中有序的是，那些桌椅几乎都面向着左手边的小舞台。右手边的部分，还有一个复古的木制吧台，昏黄的微光若隐若现地照亮着那里，反而更增添一种神秘的气息。

很棒的店！这是她心中唯一的感想。

跟着他们上了二楼后，陈郁婷这才知道他们今天来工作室的目的。

原来是排练啊。

不只他们三个，二楼偌大的练习室，还有好几个人已经开始了各自的练习，有的人拿木吉他，有的人则拿电吉他，还有的人拿鼓等等。

陈郁婷便安安静静地坐在一边，看着大家专心地沉浸在那澎湃的音乐世界中。

开始有点羡慕了。

那就是梦想啊。

有梦想的人很棒。可以让自己暂时不用去想其他的事，可以让自己的人生变得有目的性。

“喂，你会不会觉得很无聊啊？”郭鸿翔停下练吉他的手，走过来关心她。话说回来，她被这样强行带来，他还是有点责任。

陈郁婷仅仅微笑摇头：“不会。”

“要不要……去下面喝一杯？”搔了搔头，他显得很尴尬，毕竟他自己也跟她还不是很熟。

“好啊！”

啪——

听着莫名爽快的啤酒拉环被拉开的声音，陈郁婷的心情缓缓平静了下来。

“你应该没吓到吧？突然这样把你带过来。”坐在木吧台前，郭鸿翔说道。她应该会觉得他们玩音乐的人都很怪吧。

“我又不是小孩子了，有什么好吓到的。”

“说的也是，而且你自己本身也就是怪人一个。”

“什么……我至少不会乱摔吉他吧？！”

“啧！”

“呵……对了，可以……再多说说 13 吗？她也有来过这里吗？”不想再让自己一直去想欧人豪的事，她故意说着。

“好啊，但讲得不多哦，因为我等会儿还要上去练习。”

“知道了，你就说吧。”

木吧台上，就这么摆着两杯威士忌、一根开始燃烧的烟，以及一个仿佛又穿越了时空，回到过去的故事。

13，我遇见了一个奇怪的女人，她老要我说你的故事，我本来不喜欢向人说起你的，因为那会令我更忧郁，更无法自拔地想念你。

可是，我发现自己好像渐渐地不再那么痛苦了——当我想你、说你的时候。

我是不是，也被她传染了“怪人病”？

Chapter 5

有的时候，我觉得跟 13 在一起时，我们之间就像是一首节奏缓慢的蓝调。她笑的时候，我的心跳就是那逐渐加重的鼓点，而我跟她一点一滴累积的回忆，就是一曲最美的旋律。

我一直是这么认为的。

其实，我记得一开始对于 13 的那种情感，本来还只是一种迷恋，一种淡淡的，却又带着一点无法自拔的想念。

所以，当时的我其实还没有那种非要马上跟她在一起不可的念头。

而且，我说过了，有的时候我一玩起音乐，很容易弄得自己像人间蒸发一样。也因为这样，我对 13 迟迟不敢更进一步，因为我怕，怕我又像对待前女友那样，不小心伤了她。

傍晚，大概九点多，这一阵子我的课程越变越多，待在家的时间自然也越变越少。

我已经大概快一个礼拜没见到她了。

这期间她打过几次电话给我，可是都由于我在上课而没办法接，下了课之后又忘记回电话。

拿着手机，我坐在摩托车上发呆，有点不太敢打给她。

“喂，你干吗像个老人一样坐在摩托车上发呆啊？”一个熟悉又想念的声音，从我背后传出。

我怔怔地转过头——“13……”

这真是让我吓了一跳。

她带着那清爽的笑容，微微一笑地看着我，一副早就知道我一定会很惊喜的样子。

“喏，我听汉生说了，你啊，最近整个行程忙碌得要命，也不知道有没有正常吃饭，你看——我帮你带了那家超级超级好吃的阳春面来了哦。”她咧嘴一笑，我才发现她提着一碗面。

我愣着，她不是住 A 市吗……这里、这里离那儿很远的。

“13，你怎么来的？”

“这世界上有一种东西叫作出租车，傻瓜。我是跟汉生问了你今天最后一个教课的地点来的。”

我一听，不知为何，面对她这样的举动心里有一种很激动的感动。

一瞬间，我想起了前几任女友。

当我忙到很晚、很累的时候，她们也只会对我说“记得去吃饭”之类的简单关心语。

从来、从来没有像她一样，傻得这么贴心。

我也许，真的是那种，很容易、很容易满足的人吧……真的。

我缓缓地走近她，接过了那一袋面，然后轻摸了摸她的头：“傻瓜啊你，哪有人大老远送一碗冷掉的面来的？”我嘴角泛着浅浅的笑意，说着。

13一听，嘟起了嘴：“拜托，我大老远送来了，你就不能……”

我没有再给她时间多说话，就像是一种直觉的反射动作般——我吻了她。

如果要说我是被一碗阳春面给收买的，我也认了。

但是我还蛮后悔那样突然吻她的，因为吻完之后，我居然紧张得什么话也说不出口，就连直视她都不敢。我知道这个时候应该要说一些“做我女朋友”之类的话……啧！早知道应该跟花心汉生多学几招的！

“我们……去那间咖啡店吧！这样你可以顺便吃面。”最后，还是13红着脸尴尬地先开口了。她指了指前方大约几公尺距离的一间露天咖啡店。

“嗯……”

在缓缓走过去的路上，她主动地轻轻牵住我的手。

就像做梦一样。

认识 13 一个多月，我从没想过……有天真的能跟她在一起。

“噗……你知不知道你现在看起来就像个没谈过恋爱的小男生？”13 呵呵地笑了，她一脸败给我的样子。

我搔了搔头：“拜托……我这叫作纯情好不好。”

她一句简单的玩笑话，马上把那尴尬又紧张的气氛缓和了许多。

“是……纯情。呵呵呵！”

那是第一次，我们可以幸福的机会。

如果、如果能永远永远，一直像那个时候一样，跟着她一直走下去，就好了。

喝了口威士忌，陈郁婷忍着一股想笑的冲动，看着郭鸿翔。

“真的很纯情啊……你确定你没说错吗？在 13 之前，你真的有交过女朋友啊，哈哈哈……”

“喂……这叫作青春好不好？青春！”他忍不住白了她一眼。

“青春？哈哈哈！”

“你……难道就没有过吗？这种纯纯的爱情。”

“纯纯的爱情……不好意思，我都走游戏人间系列的，哈哈哈！还纯爱咧！”她真的不是故意要笑他，只是他这举动真的太像濒临绝种的动物了。

现在居然还有男人喜欢纯爱？真是太稀有也太不敢相信了，因为男人几乎都是用下半身在思考的。

“啧！我不想讲了！”猛然将杯中剩余的威士忌一口饮尽，他离开了吧台。

“喂……生气了哦！”

“生气？我脾气很好的。”他冷冷地说着。

陈郁婷赶紧也跟上他的脚步，轻瞥一眼他的表情：“才怪，明明就生气了。”

他没有回答，只是径自往二楼走着。

陈郁婷停下了爬楼梯的脚步，只是静静地看着他走上二楼。

她轻叹了一口气，收起了那笑容。

“怎么会没有呢……我当然也有过啊，那个曾经以为是段纯爱的记忆。”但是，也许他不知道，有时候说出口的爱，是会膨胀的。

原本不在意的或装作忘记的事情，在反复由自己的嘴说出来之后会发现，自己根本放不下，又或，已经放下了。

“喂，你站在那儿发什么呆？换你生气了哦！”郭鸿翔从二楼探下了头，说道。

重新漾起了笑容，陈郁婷道："我又不是你，爱生气！"

"快上来啦，让你看一段永生难忘的表演。"

"等等！陌生人老兄。"在准备走上楼梯之时，她又顿住了脚步。

"干吗？"怎么又突然叫他陌生人老兄?

陈郁婷静静地看着他，而后又摇了摇头："没事。"

他发现，开始慢慢认识她之后，还真有点不长心眼。

她想说，我们可不可以，一直当陌生人就好?

就像他说的，那种好像认识，却又不认识的关系，也许才是最好的。

不是吗?

因为，我们都有不想被覆盖的记忆。

一走上二楼，陈郁婷微微地愣了愣……怎么跟刚刚完全不一样了?

刚刚每个人本来都还练着完全不同的音乐，甚至也都分别待在不同的角落，现在却全都准备好，站上各自的位置。

"忘了跟你说，这是我老师组织的乐团，每个礼拜三跟礼拜五，他们都会在这里表演哦，你真的很幸运，就让你看他们的排练吧。"郭鸿翔说道，刚刚那个俏皮的小欣也换上了正经的表情，站在麦克风前准备着。

"喂，在开始之前，不介绍一下我们吗？"小欣吐了吐舌头说道。

"哼！你根本就是想让她知道你的经历有多辉煌吧！"郭鸿翔白了

她一眼。

此话一出，马上惹来其他人的大笑。

“好啦，跟你说，小欣她呢，可是留美回来的，虽然她一点洋人的口音都没有。”

“附注附注！人家可是去美国读音乐学校回来的哦！”小欣咧嘴一笑。

“是哦……”那还真是看不出来。

“那边的键盘手是阿懋，贝斯手是翔议，吉他手不用说就是我老师了！”

“咦？那你们的团名叫什么？”陈郁婷轻皱眉头说着，虽然她对音乐啊、乐团之类的没多大兴趣与了解，但至少都有个团名吧？

“就叫 anytime。”老师忽然开口说道。

“那么……这位新来的同学，可别被本小姐的歌声给吓到哦！”小欣一副超自信的口吻说道。对她来说，唱歌，就是她生命的一切。

陈郁婷抿唇一笑，她刚刚其实在公园就已经欣赏到她的歌声了，很好听。

只是，她对音乐这些真的没什么研究，也从来都没有那种会被音乐给震撼到的感觉。

很快地，由老师的吉他起了个头，简单的旋律缓缓环绕整个室内，紧接着又加入了一点点的摇滚感觉。

陈郁婷只是静静地看着、听着。

瞥了眼一旁的郭鸿翔，他倒是比她还乐在其中。

也是，毕竟他自己也是玩音乐的。

陈郁婷在这音乐中，慢慢地想着，感觉自己好像认识了一个跟自己完全不同世界的人。

真的。

试想，一个做美容兼业务员的二十三岁女人，怎么会跟玩音乐的吉他老师扯上关系？

充其量，他们不过是邻居。

现在是，以后也是。不会有改变。

而一旁的郭鸿翔则是在这音乐围绕之下，想起了这个团刚组起来的时候，也是他刚跟13在一起的时候，就连“anytime”这个名字，也都是13帮忙想的……

所以，每次来老师这里，他的心情总是有一部分是快乐不起来的，是一直停留在过去的。

人好像都是这样，总是紧抓着某些过去，日复一日地反复执着。

在音乐进行到中间的时候，陈郁婷忽然小声开口：“那为什么你没有加入这个乐团？”

“我？我曾经也有过一个团啊。”他轻笑了一下。是啊，他曾经也有过一个，可是，那些人、事、物，都像13一样，不会再回来了。

“曾经？”

“是啊，不过已经没有了，那已经成为一个过去的梦想了。”

“过去的梦想……”她跟着重复呢喃，似乎隐约有了些许的共鸣，“那你为什么放弃了？”

他轻轻地苦笑了一下：“你不知道吗？梦想跟现实的差距，是很大的……而且，少了金钱堆砌的梦想，根本就只能是场梦。”

“……”

“哈！当然啦，这中间不止这一个理由啦，还有太多太多的现实因素。”

“我发现你真是个心事比女人还多的娘娘腔。”陈郁婷发自内心地说着。

“你说什么……找死啊……”郭鸿翔小声地从牙缝里迸出这句。

“哈！而且，你根本就跟我当初认识的不一样嘛，我还以为你是个弹吉他的忧郁小生哩！”

“我是啊。”

“哪里像了？忧郁小生可是不能笑的哦，我看你跟你的朋友们在一起很开朗嘛。”

“你真的越来越不识相了……”

“还好喽，至少……我还不至于会摔吉他，哈哈！”

“总比你一见血就晕好。”

“喂，陌生人老兄，你那天为什么要摔吉他啊？是在家模仿伍佰吗？哈！”

原本还在开玩笑的气氛，被陈郁婷这么一问，又冷却了下来，随着小欣高亢拉长的歌声，一起慢慢地进入尾声。

“因为……那把是13送给我的吉他。”他淡淡地说着，语气里充满了复杂，也多了很多无奈与刻意的逞强。

陈郁婷沉默了一会儿：“这样啊。”

“我很愤怒，很气，气所有的事情，也气自己。气自己为什么这么没用，为什么留不住自己的幸福，留不住13。因为太想不通了，因为太思念了，那天才会那么失控地砸烂了吉他。”

“很后悔吧？谁叫你摔了这么珍贵的东西。”

“嗯，是很后悔，可是……”

最后的结尾音乐结束，小欣马上用麦克风说道：“喂喂喂！你们知不知道，人家唱歌的时候在一旁聊天是很不礼貌的哦？”

“你哪只眼睛看到我们在聊天了？”

“两只……啊不，三只！加我的屁眼都看到了！”小欣很没形象地说着。

郭鸿翔一听，摇了摇头：“注意一下你的形象吧，说话说成这样，难怪没人相信你是留美回来的。”

“哈哈哈……”

“可恶！都是你陷害我啦！”

陈郁婷在一旁听着，也浅浅地笑了。

忽然有点能懂为什么年轻人都那么爱组团了，也许不是特别喜欢音乐，而是向往这样——大家有着共同的目标前进，然后每天一起欢笑扶持的日子。

摸了摸手心，又看了看眼前欢乐的画面，有一股很久很久没有觉醒的冲动，在心底蠢蠢欲动着。

她深吸了一口气，假装不去在意。

在他们练习结束之后，时间也差不多是傍晚五六点了。

郭鸿翔跟着小欣还有阿懋三人外出去觅食，翔议则是还要回家陪女朋友吃饭，所以也先走了，只留下了一脸尴尬的陈郁婷。

她自己也知道，她跟这个地方有多么格格不入，瞥了眼在旁边擦拭着吉他的老师，她沉默着。

“你是阿翔的邻居？”老师忽然转过头来说。

“呃……嗯。”

“真的只是邻居吗？”

“咦？为什么……这么说？”她有点摸不着头绪。

“呵，因为阿翔已经很久很久没有其他的女性朋友了。”

是哦，可是我们应该不至于算朋友吧，她心想着。

“那么你应该也多少知道依姗的事了？”放下了已被擦得光亮的吉他，老师转过头来，认真地和她说话。

陈郁婷这才开始好好地端详这位老师的面貌，年约四十的样子，轮廓很深，就像是土著一样，以及那短短的、稍微抓过的头发，合适地衬托出他那属于中年男子的气息。

“嗯……他有跟我讲过。”

“是吗……那他有跟你讲过依姗为什么离开吗？”

“没有啊……老师你知道吗？”

“我也不知道。”老师一脸正经地说着。

“噗……呵呵，那你刚刚还说得一副好像知道的样子。”这个老师也蛮好玩的嘛。

“不这样，你会笑吗？”

“咦？”

“刚刚……我就觉得你面熟了，你是仓桥爱吧？”

陈郁婷脸色倏地一愣，但随即又恢复正常：“老师，你是不是误会什么了？我可是地地道道的本地人哦。”

“是吗？我没说仓桥爱是日本人啊。”他不死心地想继续套话，他不会看错的，应该就是她没错。

“老师，我真的听不懂你在说什么。”陈郁婷一脸疑惑地说着。

“是吗？那就当我认错吧，呵呵。”

“嗯……老师，你吉他学多久了啊？”

略过了刚刚那么一瞬间怪异的气氛，他俩开始有一句没一句地闲聊着，几乎都在聊郭鸿翔，毕竟他俩也没什么共同的话题。

“阿嚏……”在咸酥鸡的摊位旁，郭鸿翔忍不住打了个大喷嚏。

“怪了，明明天气不冷，怎么会打喷嚏啊……”

“因为你是夏天才会感冒的笨蛋。”阿懋噙着笑意说着。

“不对，因为老师他们在说阿翔的坏话啦！哈哈哈！”小欣吐吐舌头道。

“你们……”

“对了，你跟那个女生是什么关系啊？”阿懋忽然说道。

“我们？只是邻居啊。”

“哇……感情好好的邻居哦。”小欣故意用着高亢的声音说着。

“很好哦！阿翔，你终于想开了！”阿懋拍了拍他的肩膀。

“懒得理你们。”

“你终于不等她了啊？”小欣换上了正经的口气说道。

“等啊……怎么不等……我都等两年多了……只是……”郭鸿翔背对着他们，让他们看不见他现在的表情。

“对了，你们还记得吗？上次大家一起来这边买咸酥鸡的时候，13不是还在前面那间便利店认错人吗？哈哈！”小欣像是想起什么趣事般说着。

“哦对啊，阿翔，那个时候你还被13瞪了，你记不记得？因为你笑得最大声，哈哈！”阿懋也跟着说道。

虽然那记忆也有两年多了，可是对他们来说，就像刚发生一样的清晰。

“哦……是啊……呵呵！”

站在咸酥鸡的马路旁，他轻轻微笑地看着不远处的便利店，啊，那个时候真的是很开心，且那时，他们也都还在……

郭鸿翔的思绪渐渐迟缓了下来，因为就在这一瞬间，他看见了一张熟悉的面孔正搂着一个女人，嘻嘻哈哈地从他身边擦肩而过，而那一瞬间，对方也惊讶地回看着他……

“伯轩……”果然，旁边的阿懋也注意到了，他叫出那人的名字。

男人别过了头，装作没有看见他们。

“可恶！那家伙……装作没看见是怎样啊？！”小欣忍不住啧啧。

“别理他。”郭鸿翔也别过头。

世界，有的时候是很小的。

越想遇见的人越遇不到，越不想看见的人反而很容易就相会。

总是这样。

男人继续搂着女友，嘻嘻哈哈着走过。而他的笑声，似乎也变得不是真的那么开心了。

“时间，过得真的好快……”阿懋缓缓地说着。

“是啊，就像玫瑰一样，开心的时候是如此美丽！而快乐，也只是一下子，就凋谢了。”小欣忽然文绉绉地说着。

“装啥气质啊，讲这种话。”郭鸿翔轻拍了她的头一下。

“哼！我本来就很有气质好不好！”

三人又嘻嘻哈哈互闹了起来。

虽然有些东西改变了，可是不能因为这样，就再也不欢笑了。

这句话，是13教他的。

“你确定13不是你的初恋吗？”

“什么意思啊你……”

“在13之前，你确定你有接过吻吗？”

“喂喂……越说越过分了哦！”

“别吵，我这是在替观众解答。”

“哪来的观众？欠揍啊！”

Chapter 6

深夜十二点多，陈郁婷没想到自己居然跟着他们待到了这么晚。

“我送你吧，都这么晚了，反正我们住同一个地方。”郭鸿翔边跟着陈郁婷走下楼梯，边说道。

“阿翔，你本来就应该送她回去好不好，都这么晚了，你认为还有地铁吗？”老师轻敲了一下他的头，说道。

“哦……”他还想说自己这举动很绅士呢，结果居然变成……

“那我们就先坐阿懋的车回去了哦！”小欣说道，“婷婷，很高兴认识你，拜拜喽！”小欣笑呵呵地先坐上了阿懋那部被改得很个性的黑色摩托。

“哦，拜拜……”陈郁婷笑了笑，挥了挥手。

而老师则是别有深意地瞥了她一眼，似乎还在寻找什么他想知道的答案。“保重。”他拍了拍她的肩，说道。

“老师，你没事跟人家说保重干吗啊……”阿懋一脸败给老师的模样，说着。

“哈！因为老师是老人！”小欣在车上笑道。

“你们几个尊师重道一点啦。”郭鸿翔也跟着咧嘴笑了。

送走了他们，很快地，那些嘈杂的声音瞬间安静了下来。

郭鸿翔瞥了陈郁婷一眼，这才觉得气氛有那么一点尴尬……

他搔了搔头，打开他昨天就停在这里的摩托车尾部的箱子，递了一顶安全帽给她，心说不知道已经有多久这车的后座没载过女人了。啊，有啦，除了上个月，帮忙载一个女学生回家，但对方是个才上小学的小女孩儿……

陈郁婷接过安全帽，淡淡地说道：“今天真的……还蛮开心的，谢谢你。”

“哦，没啥啦，你要是想来，下次还是可以来啊。”

“不了……”还是别了吧，和他们又不熟，不是吗？

“介意我先抽根烟再走吗？”郭鸿翔边说，手已经边拿起一根烟了。

“你都要点了，我能说介意吗？哼……”

“看来和你越熟你的本性就越慢慢显露喽！”郭鸿翔故意开玩笑地说着。

“彼此彼此！”陈郁婷白了他一眼，转个身面向着马路——深夜十二点多的五福路，原来也是可以这么冷清的……

跟白天下午的热闹截然不同，就连在斜对面的新崛江入口那里，都冷清得让人觉得诡异。

逛街的人遗留下来的垃圾，随着半夜的轻风，缓缓地在地上滚动、翻转着。

昏暗的灯光，微微地照着人行道上的砖道，有一种潮湿且怀念的味道……

忽地，滴答……滴答……滴答滴答滴答！

“原来……是因为要下雨了啊……”所以才会闻到那种味道。

“下雨了！”郭鸿翔一愣，这下可好，他连半件雨衣都没有，眼看眼前的这场大雨下得突然、下得冲动，而且以那样大的速度，一时半刻应该是停不下来的……

“你讨厌下雨天哦？”陈郁婷忽然问道。

郭鸿翔收起吃惊的表情说道：“不……也还好……”

“是吗？那么你应该从现在开始喜欢雨天才对。”

“啊？为啥啊？”

“因为……这样你就可以多抽几支烟，加快速度前往肺癌之路；而我，也刚好可以静静地、慢慢地欣赏这一场深夜下的寂寞的雨。”

“唉！你说话真是越来越像哭丧了！”

“哼！真是一点幽‘脉’感都没有！”

“是幽默感吧？”

“就说你没幽脉感了……啧！”

“什么跟什么啊……”

两人坐在骑楼旁的摩托车上，静静地聆听这一场雨。

寂寞的雨，这女人还真会找形容词……

“唉，陌生人小姐，为什么……喜欢雨天？”

陈郁婷一听，眨了眨眼，不知道为什么，刚刚有那么一瞬间她的双眼差点起了雾。

“为什么啊……”曾经，同样也有人问过同一个问题呢……但是，那真正喜欢雨的原因，她已经尘封了。

“换你了吧？”又点起一根烟，郭鸿翔说道。

“啊？”

“换你……说说你了……”

陈郁婷轻轻一笑，盯着眼前被雨给打雾的画面：“那……也给我一根烟吧。”

“啧，你又不抽烟，浪费哦！”

“你认识我吗？陌生人老兄。”

“……”郭鸿翔无言了，怎么感觉眼前这女人又变得让他不太认识了，也对，他们，一直都是陌生人……

无奈地，他拿出一根烟递给她，心底还是有一半的想法认为她根本不会抽。

谁知道陈郁婷一接过烟，便随意地在她坐的那台摩托车前的储物箱里，翻出了打火机，熟练地点燃。

她轻吐着白烟。

“我是戒烟很久了，不代表——我就不会抽烟。”是啊，真的戒烟很久了……

“女生抽烟很没气质啊。”他试图和缓这莫名的气氛。

“呵。”

轻弹了弹烟灰，太久没抽烟的她感觉到有些眩晕，但这烟的味道，却让一些回忆，悄悄地，悄悄地，重现着。

对，静悄悄地没有发出任何声响，却感到莫名的疼痛。这就叫作回忆。

其实，那次与欧人豪第一次相识之后，我们大概有一个多月没有联络。

原因当然出在我身上，我并没有拨打过那张名片上的电话。

或者是本身个性使然，我连个借口都没有，是要怎么跟他联络呢？

一个礼拜，两个礼拜，三个礼拜……就这样慢慢过去了，而那张名片，也从原本的皮包中被放到了梳妆台上，然后……现在跑去哪了连我自己都不知道。

管他呢。

反正，也只不过是一时有缘碰上的路人甲罢了。

我是这么想的，所以也就自然而然地过着我那毫无目标可言的平淡生活。

白天在不是很有名的普通小饮料店，当个摇饮料的小妹，下班不是看小说、日剧，就是发呆发到想睡觉，要不然就是跟佩倩一起出去聊聊天，偶尔还会跟几个小我两岁的小男生们去西子湾浪费油。

日子好像都是这么过的，也习惯了。

记得那天，下班接到了佩倩的电话，问我要不要跟她还有她一个朋友一起去看电影。

我耸了耸肩，也好。

“嗯，那等下我们直接去你家载你哦。”

“唉……等等，除了你跟你朋友，还有别人吗？”

“嗯……有，还有我那个朋友的上司。”

“啊？上司？”

“你放心啦，他人蛮好相处的，就当是认识朋友喽。”

“哦……”我前面都答应了，现在还能说什么。

挂上电话后，当下就有个直觉，那人的上司一定是个怪胎，没事凑啥热闹？

等到他们来我家接我，一上了车，我就有点愣住了。

“阿裕，这是我朋友，郁婷。那是我朋友阿裕，还有，那是欧哥。”

欧哥……欧人豪？！

“又见面了呢。”坐在副驾的欧人豪，笑了笑。

“呃……嗯……”我尴尬地跟着微笑。

一旁的佩倩瞧出了端倪：“你们……认识？”

“不算。”

“对。”

几乎是同时回答的，可我跟他答案却不一样，他居然还说对……

“到底是认识还是不认识？”佩倩眯眼瞧着我们，“有问题哦……”

“哪有什么问题，我跟他真的不算认识。”真搞不懂那男人往自己脸上贴什么金。

“好啦，不闹你了，你这几天过得怎么样？”佩倩识相地没再继续绕着这个话题。

我瞥了眼坐在副驾的欧人豪，不知道为什么，还真有点在意他怎么想……

“哦，就这样喽，只是工作上有一点讨厌的事，其他都还好喽。”

“工作？怎么了？”

“没什么啦……”

“郁婷……我答应过你姐姐……”

“好，我知道，别说下去，好吗？”我没有生气，只是轻声阻止，这些话不适合在那些“外人”面前提。

到了电影院，我这才想起，最近好像也没多少好看的电影。

这一阵子，好几个厅都被那部《战栗迷宫3D》给占满，剩下的就是些依照惯例会有的动作片或轻松娱乐片等等。

“那我们要看什么啊？”佩倩看着电影放映表说着。

“我想看《名牌冤家》。”一路上感觉相当沉闷的阿裕，一本正经地说道。

“那个好像很不错啊……”忍不住地，佩倩跟阿裕两人开始热烈地讨论起来。

站在我旁边的欧人豪则是淡淡地说道：“我觉得与其看《名牌冤家》，还不如看《关键指令》比较有价值一点。”

“同感。”我点了点头，先不说是谁要出电影票的钱，但我真的认为，《名牌冤家》那部片真的没必要花钱在电影院看。

“你也这么认为？”他一派轻松地笑了。

“当然啊，那部片看起来很没营养……”

“哈哈，也是，可是他们俩好像很想看。”

“随便喽，如果他们想的话。”

欧人豪看他俩已经开始买票便道："不如我们两个一起看《关键指令》，然后他们去看《名牌冤家》？"他用一副玩笑口气说着。

"唉……好哦！哈哈！我要当个有智商的人！"

"你也这么认为？好啊！唉！阿裕，你们两个去看那部吧，我跟郁婷决定要看《关键指令》。"说着，他已经从皮夹中拿出卡，要来买票。

"咦？！真、真的要看《关键指令》？"我错愕，刚刚不是在开玩笑而已吗？

"郁婷，你们真的看那部哦？"佩倩也是一脸惊讶。

"对啊。"欧人豪点了点头。

"我、我以为你在开玩笑……"

"好了，票已经买好了，《关键指令》比较快开始，走吧！"虽然他的态度是那样的轻松，口气也是有那么一点玩笑的感觉，可是，却也藏着一种让人无法拒绝的命令。

"郁婷……没问题吗？"佩倩有点担心。

"哦……嗯……应该没问题吧，总之我们看完再会合喽。"我尴尬地笑着，默默地跟着欧人豪一起走到播映《关键指令》的大厅。气氛真是有些尴尬，跟一个称不上认识的人一起看电影，还真是有种莫名的怪。

庆幸的是，看电影是不需要聊天的。

过了将近两个小时后，很显然，我跟佩倩是完全被错开了，他们大约还要半个小时才会看完。

“不然我们就先坐地铁回去，我家就在地铁旁边，然后我再载你回家？”

“咦？哈哈哈……你又在开玩笑了对吧？”

“我没有啊。”

“啊？”

“对啊，而且现在时间也很晚了啊。对了，听佩倩说你很喜欢看电影，刚好我车上有一片《钢铁人 2》，也可以顺便借你啊。”

“《钢铁人 2》！那个不是还要好几个月才会上映的片子吗？好想看哦……”

“没关系啦，看你方便的啦。”

“好吧！”毫无大脑的我居然答应了。

我也许真的是个笨蛋吧，就这样被一张碟片给收买。

后来我一直在想，那天要是我坚决一点，不要看《关键指令》就好了。当然，事后我也被佩倩给骂得蛮惨的，说什么我怎么会坐一个陌生人的车回家，很危险之类的。

看着车窗外的光景，我有些不自在。

一边开车，他忽然缓缓地道：“其实，也不怕你知道，我今天是故意的。”

“咦？”

“我是听见佩倩有说到‘郁婷’这个名字，我才说我也要一起来的，没想到真的是你。”

“咦……”

“刚刚看电影，也是故意错开你们的。”

“什么意思？”我怔怔地看着他，忽然有点不懂，也有点紧张……

“刚刚我就有跟你说我的工作是什么啦，我只是觉得你应该很适合做美容业务员，所以想找个跟你单独相处的机会，谁叫你一直没打电话给我。”

我松了一口气：“这样啊，可是我刚也说了，我不适合。”

“没关系啦，反正我试着跟你讲过了。”

“嗯。”我刚刚还真是想太多了……也对，怎么可能会有告白这种事嘛。

“那当个朋友总可以吧？”他又忽然道。

“咦？哦……好啊。”

那天晚上，我留下了电话号码，当时真的没有想太多。

真的。

只是后来，当我反复想了又想，自己真的单纯得像个傻瓜。

太单纯了，才会那么容易误解了好多好多事。

不知道有没有人跟我一样，在这日复一日的日子中，总是特别讨厌每个星期的其中一天——星期一。

星期一。

每当这天的早晨，人们的步伐总是有种矛盾感，那种懒散与不得不去上班、上课的矛盾。当马路上的人潮都带有这种情绪时，整个大街上就会有种讨厌的空气存在。

会变成一团团阴郁的空气。

所以我讨厌。

讨厌星期一。

不过，今天却很难得的，这个星期一我并不讨厌。

因为，下雨了。

即使是场冬雨，但也因为下雨，那讨厌的氛围有些被打散了。

冬天的雨是很冰冷的，周围的气温也因此下降了好几度。

由于今天刚好饮料店放假，我撑了把伞，便出去赏雨。

围了个围巾，缓缓地踏着步，街上的人群似乎都很受不了这种星期一又逢冬雨的日子。每个人形形色色的表情、情绪我都不想错过地捕捉进脑海——是一种习惯了吧，我想。

轻轻吸了一口气，真的好冷。

不知为何，我忽然想起了欧人豪。从那天看电影之后过了一个礼拜，期间他确实有打了两次电话给我，问我片子看完了没，想约我一起吃饭，然后顺便把片子还给他。

基于一种反射性的自我保护，我都拒绝了，直说还没看完。当然是骗人的。

就在我出神地慢慢游走在人行道上时，一辆黑色轿车忽然靠近，然后副驾的车窗缓缓降下："真的是你。"

"哦……嗨。"见鬼了，才刚想他这个人而已，他就出现了。

"你在干吗？要不要我载你一程。"

"不用了，我在赏雨。"一说完，我就后悔了。我没事告诉他我在干吗做什么……笨！

"啊？赏雨？在这么冷的天？"他的表情着实错愕了一下，接着便把车停到了路边，然后撑了一把伞走下来。

看着他慢慢走近，这才发现他的个子不是很高，嗯，以男性来说，算矮了点。不过最明显的还是那对酒窝，不知道为什么，就是这么引人注目。

"呵，我终于知道为什么总是会在雨天跟你巧遇了。"

"……"

"为什么会喜欢赏雨？"

"没有为什么。"我别过头，有点讨厌被人打断了刚刚那美好的氛围。

"你还真奇怪……呵呵。"

"奇怪的人是你吧，怪大叔。"

"你叫我大叔？"

"本来就是啊，干吗不承认自己老？"我吐了吐舌头，忍不住地不识相了起来。

"你的个性还真是奇怪，我还以为你是那种不食人间烟火的艺术家，没想到是个依旧幼稚的没心眼儿的小鬼。"他摸了摸我的头，口气是那种纯粹开玩笑的感觉。

"我本来就很幼稚。"耸了耸肩，我无所谓地承认。他刚刚的那句话在我听来竟那么的刺耳。当然不是说他故意讽刺我，只是他的玩笑，真是误打误撞。

"你喜欢雨天的原因是什么？装忧郁？呵。"不知不觉地，他竟跟着我一起站在行人道边赏起雨来。

瞥着他的侧脸，才发现，他真的是个大叔没错。虽然他的个性感觉有些轻浮，可那侧脸浮现出来的沧桑感是骗不了人的。

我沉默了一下，抿抿唇。

"因为……只有下雨的时候，这个城市的声音、画面，才是最清晰的。"

他有点讶异地看了我一眼："想不到你——"

"没有什么好想不到的，我们本来就还不太熟不是？"

"我还以为你是为了思念某个人才喜欢雨天呢。"他半开玩笑地说。

"思念……也可以……这么说吧。"我回答了一句莫名其妙的话，他听不懂。

又过了一会儿，他忽然握住我一只冰冷的手：“很冰，走啦，我们去吃早餐。”

“咦……”

没有机会决定要或不要，我已经被他拉上了车。

又是一次，无法抗拒。

为什么我每次总拒绝不了他?

“你不用上班吗？”

“我的公司十二点才开门。”一边倒车，他一边回答道。

我瞥了眼时间，现在才早上八点多啊……

“那你没事这么早起，跑出来开车乱晃？”还说我怪。

“呵，可以这么说，但是……我只是想说，晃到这里来看会不会遇见你。”

我又无言了。

我不懂，他到底想干吗?

为什么总是喜欢说一些容易让人误会的话?

即使，当下的我，早就已经来不及拉回自己的误会了。

傻。

冬天的雨继续滴答地下着，气温一样的冷。

但是却有个傻子在那天的冬雨中，觉得特别的温暖。

"唉，傻子陌生人小姐，要不要再来根烟？"

"……"

"啊，我这里也有几部片子，要看吗？哈哈！"

"你这是在自作聪明吗？"

"没有啊，我这是在替观众解闷。"

"我可以打你吗？乱讲话的陌生人老兄。"

Chapter 7

半夜忽然下起的雨，一滴滴逐渐变小，不一会儿，雨便完全停住。

郭鸿翔又点起了一根烟："为什么觉得你即使是在说故事，还是刻意地隐瞒了些什么啊？"

"你这话是什么意思？"

"唉……不公平哦，我可是毫无保留的每个细节都说了啊。"郭鸿翔眯眼瞧着陈郁婷，真的，她真的刻意隐藏了什么……不管是在过去对欧人豪隐藏，还是现在对他。

"我也是啊，我只是照我的回忆老实说而已。"陈郁婷撇开了眼神，不想一直看着他。

隐藏了什么，是吗？

“算了，你不想说就算了，走吧，回家去。”

丢了顶安全帽给她，发现她也是个藏了很多秘密的人，他开始有点不懂了，为什么在城市里待久的人，总会有一堆的秘密，虽然他自己也是……

但13，就不是。

她很单纯，连心思都很单纯……即使、即使最后，她有一点超乎他所料，但他还是坚持认为，她一定有苦衷的……一定！

坐上了郭鸿翔的车，陈郁婷一直沉默着。在越来越快的速度中，她干脆闭上眼，不想再继续看着这个世界，只是静静聆听、感受着——

你要学会，如何感受世界的每样事物，能做到这样，你就成功了。

在聆听的过程中，她隐隐约约地仿佛听到了那熟悉的声音，说的那句熟悉的言语。

“喂……陌生人老兄，你生气了哦？骑这么快……”在呼呼的风声中，她缓缓地说道。

“没啊……你不觉得在车速很快的时候，比较容易甩掉一些东西吗？”

陈郁婷一愣，有点听不懂他那抽象地说法：“什、什么东西啊……难不成是……阿飘？”

“白痴哦！你想哪去了！我说的是不想要记起的回忆啦！”郭鸿翔

马上就知道她一定想去一些莫名其妙的地方了。

陈郁婷脸稍稍涨红，不甘示弱地在后头吼道："什么跟什么啊！是你自己语言表达有问题吧！"

"你自己语文差还说我。"

"可恶！你真的是爱乱讲话的陌生人老兄！"

"你才是傻子陌生人小姐吧！"郭鸿翔在路边停下了摩托车，激动地转头看着她。

两人沉默了几秒，忽然，都噗地笑了。

是那种很单纯、很没原因的笑，不是刻意的，只是简单的想要笑——他们，都已经很久没有这种感觉了。

"真的很幼稚……"陈郁婷摇了摇头道。

"是啊……"他淡淡地说着，又转过身，继续骑往回家的路。

这样的风，这样的空气，以及刚刚那样的笑。

又让他想起了13。

13，今天晚上，我又想起你了，可是好奇怪……真的好奇怪，现在想起你，似乎没那么悲伤了，反而，快乐比较多，很怪吧？

跟着陈郁婷一起坐电梯来到了他所住的楼层。

两人并没有挥手再见之类的，只是相互看了一眼，轻轻地微笑。

这就是陌生人之间的相处模式吧。

是啊，他们本来就没什么交集的。

砰。

门轻轻地关上，他们像是什么都没发生过，回到了各自的生活中。

郭鸿翔一进门，看见了摆放在一旁的吉他，忽然，好想弹一首歌。

那是一首很适合在这雨后的夜晚，在这思念13的夜晚，在这又回到自己一个人的夜晚，轻轻哼唱的一首歌。

他为13写的歌。

简单的吉他旋律，简单的歌词，他记得，这首歌是他在13离开后写的，为了想念她，为了让那悲伤能有发泄的出口。

你站在街角沉默着不说一句话　我静静地凝望着却也不回答

风儿只是轻轻地吹拂着衣裳　离别时的双眼总是泪汪汪

你那一张心疼憔悴破碎的脸颊　总是会让我停下来一语不发

时间总是默默地催促着时光　无助地挥手不舍总往心里藏

沉重的脚步拖着蹒跚的步伐　我该用如何的表情轻诉其实没怎样

心爱的人儿呀　离开总不说话

明年回来的时候我会带着送你的花

明年的时候

一遍又一遍，他反复地弹唱着，明明是只有两分多钟的歌，但有时他太思念13，仍旧可以弹一整夜。

一整夜。

13离开之后，他经常这样失眠，老师跟翔议他们也常劝他别再这样了，这样总有一天身体会出问题的。

他都知道啊……都知道。

只是他又有什么办法呢……

如果可以，他也希望自己能喝一杯什么忘情水的，不用再这么痛苦了啊。

与郭鸿翔家相隔着两间屋子。

卸完妆之后，陈郁婷停下了擦脸的动作，仔细地聆听着——隐约中，她似乎听见了那位陌生人老兄，今天开金嗓唱歌了。

她轻轻地打开家门，那一遍又一遍，简单却藏着很多情感的歌曲，轻轻地，在这长廊上回荡。

像是一种寂寞的回荡。

她嘴角，泛起了一丝浅浅的苦笑。

为什么人们总是这么奇怪呢？

好像让自己沉溺在悲伤中是一种毒瘾一般，戒不掉，也放不下。

她轻轻倚靠在门边，静静地听着这首歌。

即使歌词里写的是他和她的故事，但是不知为何，或许是旋律的关系，让她突然怀念起某段早就不想怀念的过去。

“那只一个曾经，即使是曾经，但“曾经”两个字——太沉重了。”她低语喃喃着。

然后，她轻轻地将家门缓缓关上。

缓缓躺在床上，即便睡不着，她还是闭上了眼，试图让自己——在梦中回到那段过去。

这是一个，寂寞又矛盾的夜。

那天晚上之后，又过了好几天。

她跟那个陌生人老兄都没再相会见面。

还真是有些不习惯呢。

中午，佩倩约了她在公司附近吃午餐。

佩倩真的是她最感激也最要好的朋友，想当初，如果不是佩倩，她现在也不在这里了，也许变成不知道在哪个国家逃避式的流浪者吧。

“郁婷,怎么了？”佩倩停下了滔滔不绝分享着近况的言语,忽然道。

“嗯？没事啊……怎么突然这么问？”陈郁婷轻轻微愣。

“只是忽然觉得你怪怪的，这几天下来发生了什么事，是吗？”她试探地问。或许认识久了，或许她真的很了解陈郁婷，有时候，她就是感觉得出她的不对劲，就如同那一次一样。

陈郁婷淡淡地露出一个微笑:“没事啦，你真的想太多了。”

“该不会……欧人豪又做出什么逾矩的暧昧行为吧?可恶，那家伙真的是个烂人!”

“真的没事。”陈郁婷又强调了一次。她知道佩倩是那种标准的牧羊个性，脾气很容易上来，很多决定都很冲动。

佩倩一听，肩膀微微地垮了下来:“郁婷……你就是这样，每次即使你发生了什么事，你都不会说，虽然有的时候反复逼问你还会说一点，可是……拜托，你不要再这样压抑你自己了，太逞强的话，会出事的。”这大概是佩倩第一次这么认真地说陈郁婷。

也许她怕了，她真的不希望自己的朋友把自己给逼出病来……

“我知道，我知道你担心我……好啦，其实也没什么事，只是最近认识了一个有趣的邻居，就这样。”

“哦，我知道，你上次有稍微跟我提过……咦，不错嘛，你终于肯去看看其他的男人了!”

“说什么啊你……”

原本有点尴尬起来的吃饭气氛，马上又恢复如初。

即使她们都知道，欢笑之后，很多事情，还是得面对。

傍晚下班后没多久，竟然，又下雨了。

“糟糕……没有带雨衣。”骑车骑到一半，陈郁婷的脸上感觉到有雨滴飘落。

滴答、滴答……滴答滴答滴答……

雨，很快就变成了倾盆大雨。

才不到三十秒的时间，她整个人已经变成落汤鸡。

轻叹了一口气："那就……淋场雨吧。"

绿灯亮起，她继续往前骑着。偶尔淋雨也不错。至少让头脑清醒了许多。

就这样一路淋了十五分钟的雨，骑回了她住的那栋大楼。

全身几乎都湿透了，她狼狈地甩了甩水，拖着步子慢慢地走进大楼。

"你喜欢雨天也没必要这样跟雨结合吧。"一个熟悉又陌生的声音从她背后传出。

"唷，陌生人老兄。"藏起那一瞬间还忧郁着的面容，她转身淡淡地微笑。

人，好像都是这样的，总是很害怕被别人瞥见真实的自己，无论对方是什么人，都一样。

"你把自己搞得也太狼狈了吧？"郭鸿翔边说边收起了雨伞。

"谁叫这场雨下得这么突然。"

"谁叫你不去买雨衣。"摇了摇头，他俩一同走进了电梯。

在那依旧缓慢的电梯一层楼一层楼地移动时，他忽然说道："你家有没有瓦斯？"

像是这阵子相处以来的默契般，她马上知道他想说什么，她接着道：“你家有多少啤酒？”

他也笑了：“今天只剩伏特加加雪碧。”

“嗯，好哦。”

“别再一杯倒啊。”

“哼……”

洗了个澡，吹干了头发之后，郭鸿翔也在她家煮好了一锅姜汤。

陈郁婷轻轻抿了一口，感觉到一点点的温暖在脸颊上扩散着。

真是奇怪的邻居与陌生人的关系。

她忽然这么想着。

“今天换你继续那天晚上的故事了。”郭鸿翔边喝着姜汤，边道。

“呵，也许……你该先说说那首歌的故事。”她意有所指。

“你干吗偷听啊？”

“谁偷听了？我是光明正大的在我家门口听到的好吗？也不想想你鬼吼鬼叫的多大声。”

“屁啦！我阿翔的歌声是天籁好吗！”

“哦？那何不再现场来一段，顺便说说这首歌的意义吧。”

“哼！我怕你哦。”说着，他便迅速冲回家拿他的吉他。

陈郁婷摇了摇头：“他真的有二十五岁？真像个男孩。”她轻笑，然后，静静地看着那一瓶透明如水的伏特加。

虽然说他像个男孩，但同时也很像这瓶伏特加。看似清澈如水，其实，却也藏着许多不为人知的沧桑。

“奇怪的家伙……”

跟13正式的在一起，那大概是我这么多年来，经历过那么多个女朋友之后，最深刻的一段日子。

那天的课比较少，教完最后一堂课，才下午四点多。

好吧，我得承认，跟她在一起之后，我刻意地把一些课给减少了。之前是为了弥补单身一人的空虚，才把一些课量加大，但现在不同……现在，我只想跟她在一起。

“喂？”

“下课了？那来接我，呵呵。”

“你也刚下课？”

“差不多喽，不过……你先回去把东西放一放，我想让你认识我朋友。”

在一起半个月了，我们对对方的朋友圈还不是那么熟悉，毕竟这半个月来，是只跟对方在一起的热恋期。

“好呀。”我浅浅地笑了。

等我骑车骑到了T大门口，远远地，就看见13跟其他几个年龄相仿的女大学生一起说说笑笑着。

“13！”

“鸿翔。”接着她转身对她那些姊妹介绍道，“我男朋友，鸿翔，你们叫他阿翔就好。”

“这是佳琦，别看她一副娇小样，她可是魔术社的社长哦！”13开始替她们每一个人做着介绍。

我一愣，眼前这个子大约一米五五的娇小女孩，感觉比较像那种拉小提琴的音乐系美女，竟然是魔术社的！

“哇……那不简单，你魔术一定很厉害。”

“这是小妤，她可是个未来要朝笑星路线发展的人才哟！”

“哦呵呵呵……你真是说得太好了！”小妤配合地搞笑着。

我只是看着，看着13现在的表情，原来她也是可以这么活泼的，这是我第一次看见了一个不同的她。

“啊……还有还有，这是巧巧，她可是我的良师益友呢！”

“就是啊，巧巧可是蝉联了三年的中文系榜首呢。”其他人跟着帮腔。

“没有啦……呵呵。”巧巧尴尬地笑了笑。

“好了，阿翔，听说你是吉他老师？”小妤说道。

“呃……是。”

“你准备好要被我们好好考问了吧？”

“咦？！”

13的三个姊妹相视一笑。

我虽然觉得有点不太妙，但为了她，我认了。

呵。

我们后来一起去附近吃了饭，她们没有想象中的咄咄逼人，算是一个很欢乐的饭局，饭局的一半以上时间，我都是听着她们四个人在讨论学校的事。

或者是哪个教授很啰唆、爱查人的作业，或者是哪个系的系草背后不为人知的秘密，又或者讨论起社团内的一些趣事等等。

我并不觉得无聊，反而很开心。

真的很开心。

晚上，我骑车载着13前往她家。

“你今天会不会觉得很无聊啊？”她有点担心地问。

“不会啊……怎么会！”

“是吗？因为我看你都没什么说话。”

“13，我没读过大学，很多时候，我经过一些大学，看见那些大学生们时，我总会很羡慕，时常会想大学的生活究竟是什么样子的。今天听你们聊天，我很开心……真的很开心。”

“哦？原来你这么想体验青春啊，呵。”

“呵，对……我是很想体验青春。”

“可是，为什么你这么想读大学，却没有读呢？”

“因为，嗯，以后再告诉你吧。”

“咦……不公平！藏秘密哦你！”

“我藏的秘密哪有你多啊。”

“才怪——”

我藏的秘密哪有你多啊？这句话，是真的。

一直到了最后，你才告诉我所有的你，不是吗？

真是不公平啊，不公平，13。

在那斗嘴的路途上，原本要骑很久的路，我都不觉得长，甚至还会觉得太短了，我希望能再跟她相处久一点，再久一点。

骑到了她家附近，我忍不住地道：“13，你怎么不干脆在学校附近租房子呢？在认识我之前，你都怎么上下课的啊？”

“嗯？搭车啊……不然呢。”

“是哦……”

“租房子很贵的好不好，你不知道大学生需要省钱吗？哼！”

“是是是……”

一骑到她家那矮房的门口，我感觉到13微微一怔，这才发现，有个骑着自行车的男人站在她家门口。

“你……”

“13，他是谁？”

“这么快就找到新男友了？那你还有什么资格说我花心？而且，13应该是我专属叫你的名词吧？”

男人连看都不屑看我一眼，我听着他的话，感觉到莫名愤怒。

13是他的专属名词？！笑话！

看着仍坐在后座不肯下来的13，她的眼神中充满着恐惧……我不知道为什么会这样，只知道他就是当初我认识13时伤害她的那个浑蛋！

“请你离开。”我下了车，与他面对面说道。

“这里没你的事了，你可以走了。”男人冷冷地说着，接着就打算越过我走到13面前去。

下一秒，连我自己都控制不住，我竟然向他挥拳了。

失控。

彻底地失控。

一直以来，我是那种脾气好到几乎没有生过气的人，更不曾出手打过人……

但是，我一想到那天在冰店，在面店，在刚刚……13都露出那种痛苦又难过的表情，我就一肚子火。

然后，那一拳落下之后，我什么都控制不住了，我甚至不知道自己在干吗了。

直到13一声声地嘶吼，一声声地大叫，我才慢慢恢复了理智。

回过神，只见13满脸眼泪而且害怕地看着我，然后便跑到那已经倒地不起的男人旁边："浩……浩……你没事吧……"

男人毫不留情地推开她的手，满脸鼻血让他的模样很狼狈。

"我……先进我家擦药吧……"13担忧地说着。

而我，只是愣愣地看着，手上还沾着那男人的血，可是不知为何，感觉痛的人好像是我。

男人不发一语地瞪了我一眼，之后便骑上他的车迅速地离开。

又剩我跟13了。

她缓缓地站起身，只是淡淡地说着："你也快走吧……"

"13……"

她不理会我的叫喊，砰——用力地、狠狠地甩上了她家的铁门。

这应该是我最痛的一次，即使后来我才知道真正失去她，是可以比那天晚上痛好几倍的。

一直一直很想问问13，如果有那个机会，我一直很想要问问她。

你，爱过我吗？

那天晚上，回市区的路，我第一次觉得像鬼打墙般怎么骑也骑不完……

我没有哭。只是很痛。

很痛13为什么、为什么还那么在乎他?

这才发现我有多不了解13，关于13，我知道的事情寥寥无几，怎么会这样呢……因为我从没问过她。

好盲目的爱，好盲目的喜欢。

我甚至没问过她——忘记那男人了没。

原来，她从没藏过秘密，是我一直没问过而已。

“我可以发问吗？”

“别让我想打你就好。”

“我知道啦，我还没那么不识相，去惹一个有躁郁症的陌生人。”

“……”

“你今天说的，跟那首歌词有啥关系啊？”

“唉……对哦。”

“原来，你不只有躁郁症，你还有轻微的阿尔茨海默症……”

“你……”

Chapter 8

明明喜欢一个人，可是却忘了去了解对方，这不是很矛盾？那么，他是真心喜欢她的吗？

轻啜一口雪碧伏特加，陈郁婷静静地听着他弹奏那首歌。

“你爱过她吗？”陈郁婷忽然说道。

郭鸿翔停下了弹奏，这一句话就像是一个残酷的问题般，当下让他的脸色变得有点难看。

“我……”我当然爱啊，如果不爱……如果不爱我现在何必……可是，他却说不出口，他也不懂为何说不出口。

“有的时候，我们以为自己很爱很爱一个人，可是到最后才发现，我们只是爱上了思念、爱上了寂寞。”陈郁婷又点起一根烟，缓缓道。

“不……不是这样的，我爱她，我是真的——很爱13。”他道，为什么他觉得自己的回答这么心虚……

“别在意，我说说而已。”陈郁婷淡淡地说。

忽然，手机缓缓响起。

陈郁婷一看来电显示，明显地一怔。是他。

“喂，干吗？”

“我……好像喝醉了。”欧人豪涩着嗓子说。

“哦。”

“我想见你……”

“……”

“你在哪儿？”

“你喝醉了，好好睡一觉吧。”说着，她便把电话给切断，深深地吸了口气。

“是他？”郭鸿翔看她的表情就知道。

“嗯。”

“继续吧，你的故事。”

“……”

“你认为，他对你来说，是现在进行式，还是过去式？”他问道。

“我……”

郭鸿翔缓缓地继续道："13，对我来说是个现在进行式。我从来就不想要把她遗留在过去，不想让她只是段回忆。"

"那么……介于这两种形式中间的地带，叫什么？"她直视着他，眼神，藏了些挣扎的痛苦。

"哈！无法显'式'。"像是觉得气氛越来越郁闷般，他故意半开着玩笑。

"呵……说得好……"我那无法显示的爱情。

"还有半瓶，伏特加。"

"嗯。"她一口气喝下半杯没加雪碧的伏特加，刻意地不想让自己去猜测刚刚他打电话来的原因是什么。

猜他，她早就猜得很累了。

"为什么会想当个业务员啊？"

我记得问他这句话的时候，是他找我去看《玩命快递》，看完之后，忽然在他车上问的。

或许也是想借此知道，他一直不断接近我的目的。

他表情连变都没变地继续开着车。

"为什么？因为我知道，这是我成功唯一的路径。"

"什么意思？"

"以前呢，以前我的工作是在自家的工厂哦。"

“自家的工厂？你家这么有钱哦！”

“算是吧……”他若有所思地说道，“我在自家工厂做了四年，然后有一天，我跟我爸翻脸了。”

“为什么？还真是戏剧化啊……”

“因为他说，我这辈子不靠他会活不下去，我一气之下就离开了，当时的我不但没有钱，还负债二十万。”

我没有接话，只是静静地看着他，他的表情很自然，语气很平稳，就像是在说一个跟自己毫无关系的事情般，淡淡地描述着。

可是，为什么呢？为什么那样的语气和表情，却在眼神中露了馅儿？

他的眼神。

我想，我也许真的是被他的眼神所吸引。跟我很像的眼神。

那一段过去了之后，我曾经好几次看见自己也有那种眼神。

“当时的我找不到工作，最后是一个业务员收留了我。可是一开始的前半年，日子依旧艰苦，我一直领着只有两万的月薪。直到半年后，一口气地，我当月就赚了二十几万。”

“这么夸张？”

“呵……不夸张，等你做了业务员，你就知道这并不夸张，只要你前面有认真地对这份工作付出过。”

“那么，你爸爸现在呢？”

“现在？我们很少联络了……”

“是哦，那你当时是几岁出来的呢？”

“二十四岁。”

二十四岁。

忽然，那么一瞬间，我能体会他的心情。

深刻地，体会着。

“お疲れさまでした”

“什么意思？你还会日文？”

“一点点，刚刚的意思是——你辛苦了。”

他怔了怔，然后轻轻地笑了。

“你知道吗？当一个人愿意告诉另一个人自己过去的难堪时，是什么意思吗？”他继续开着车，感觉话中有话。

我一愣：“什么意思？”

我盯着他的侧脸，像是女人的直觉般，我越来越紧张——什么意思？

他转头瞥了我一眼，然后缓缓说道：“就代表对方是真心想要当朋友的。”

“哦……是哦。”我的语气落寞得连我自己都吓了一跳。

“呵，你是不是想到哪去了？”像是早将我的情绪给看穿般，他戏谑地笑着。

“是你想到哪去了吧！哼！”我故意扮了个鬼脸，然后将脸面向窗外，不敢再看着他。

我到底是怎么了……

想清楚啊……陈郁婷，他可是大你十一岁哦！人家小学毕业时，你才刚满一岁啊！

想清楚一点……人家，搞不好连婚都结了。

车子缓缓地停下，我又看了他一眼才下车。

“郁婷，我希望你不管遇到任何事情能第一个打电话给我，我一定会帮你的。”一下车，他按下了车窗对我说。

我沉默着看了他一阵，然后问道：“为什么？”

“嗯？”

“为什么呢……大叔……为什么要这样？”

“因为你都叫我大叔了，我不多照顾你一下怎么行？”他半开玩笑、半无奈地说道。

“……我发现每次想要跟你正经一点儿讲话，都不会超过五分钟。”我摇摇头说道，“幼稚。”吐了吐舌头，我匆匆地跑进家门，关上门之后，只是静静地背贴着铁门，然后，我感觉到自己的脸颊竟烧烧的。

傻。

回忆之途，我又骂了自己一个傻。

很多时候我是讨厌冬天的。

今天一睁开眼，我就感觉到整个房间里的气温冰冷得吓人，我缓缓起身坐在床沿——我讨厌冬天，真的很讨厌冬天。

因为——

深吸了一口气，我知道现在的自己不太好，赶紧拉开床头柜，我找出了一瓶镇定片，连水都不喝，就直接吞了两三颗。

然后，又慢慢地躺回床上去。我知道，今天是上不了班了。

我究竟这样持续服用镇定片有多久的时间了？我自己也记不清楚。真的记不清楚。

又缓缓地吸了一口气。

好奇怪，今天真的好怪，平常只要情绪上有一种越来越恐慌的感觉时，吃了镇定片，那种恐慌总会慢慢地恢复稳定，怎么今天好像有点无效了？

我开始在床上辗转地翻来覆去。

不敢闭上眼。

因为这个时候一闭眼，那些画面……就会变得历历在目。

一些声音，一些沾有血的幻觉……开始出现了……我瑟缩着，努力地想尽办法让自己保持清醒。

我不知道这算不算精神病，但我也一直不想去承认这件事。

颤抖得很厉害的手，缓缓地拿起手机。

这次，我不是拨打给佩倩，而是那个来电显示被我写成“大叔”的人。

“喂？”他的声音听起来像是被吵醒般。

“……”

“……郁婷吗？”

我说不出话，怎样都说不出。

“怎么了？是不是发生什么事了？”他的声音现在听起来清醒多了。是在担心我吗？

“你活着的目的……是什么？”我有点微微颤抖而沙哑地说着。

“……”

嘟……嘟……嘟……

他挂断了。

我眼神有些空洞，还傻愣愣地继续拿着手机，贴在耳朵上。

“活着目的不过就是在等着自己死亡吗……”

我应该，被讨厌了吧？他发现，我很奇怪了吧？

轻闭上眼，我什么都不想管了。

如果闭上眼，那些幻觉跟可怕的梦魇会吞噬我，那就被吞噬吧。

我应该是失去了意识，因为等我清醒过来时，我人已经躺在医院了。

而他，则守在我旁边。

“还好吗？”见我醒了，他轻轻摸了摸我的头说。

“怎么……”

“我在电话里听你声音很不对劲儿，所以马上跑到你的住处，还找了锁匠来开锁，发现你的时候……你已经神志不清了……”

“神志……不清？”我有些慌神，不知所以然地重复着。

“你知道你自己吞了几颗镇定片吗？”他脸色凝重地说着。

“我……三颗？”

“半瓶！”他忍不住对我大吼，然后又像是想到什么似的冷静了下来。

我愣着，半瓶？这怎么可能……我记得我只有吞三颗啊……

“怎么可能……”我轻抓了抓自己的头发，觉得有点害怕，害怕自己……害怕这样的自己……

“到底发生什么事了？”他冷静下来，轻轻地说着。

“……医生看过我了吧，我这是……什么情况？”

“医生……医生说……”

我闭上眼，冷静地说道：“没关系，你说吧。”

“不严重的，你不要想太多。”他赶紧说着。

“告诉我。”

我听见他叹气，然后才缓缓地说：“潜伏型的精神分裂症。”

我一听，双手紧紧抓着棉被，背对着他。

好想死，这感觉……好想死，现在他知道我有病了，就不会想接近我了吧……

“医生说，你必须把让你发病的原因讲出来，他说你可能因为某些事情压抑太久了，才导致这样，所以——”

“可以请你离开吗？”我冷漠地说着。我不想再让你看见这样的我。

他没再说一句话，过了好几分钟，等我转过头，他早已不见踪影。然后，我大哭。

只是大哭。

我不知道自己到底怎么了，只知道自己越来越可怕了。

我害怕这样的自己， 甚至害怕身边仅剩下的人也会慢慢离去。

最后，是佩倩来接我的。

她不问、不说地静静陪着我，然后紧紧牵着我的手，我能感觉到她很怕，很怕下一次再有同样的状况她就会失去我了。

我觉得无奈，从那件事之后，我变得好像只会拖累别人。

陈郁婷说到这里，停了下来，然后看着那个变得沉默安静的郭鸿翔。

“那你……现在……咳咳！现在好了吗？”

“不知道，医生说，别再让自己的情绪受太多的刺激，应该没事，因为人的心病是一种永远无法愈合的病，这是那个医生告诉我的。”她轻轻微笑地说着，已经不是那么在乎别人会怎么看她了。

"……"

"可是，到底什么是潜伏型精神分裂症？"

"我不知道，也不想知道。"

"……"

"好了，你快回去吧，看你那表情，好像很怕我一样。"陈郁婷不在乎地说着。

"我没有。"

"……"

"我没有怕你的意思，我希望……"

"停，别同情我，好吗？"陈郁婷口气坚决地说着。她就知道，他一定会变得同情起她。

郭鸿翔缓缓站起身："明天晚上记得准备好两碗炸酱面。你早点睡吧，晚安。"说着，他便站起身准备离开。

"……"

陈郁婷有点惊讶他的反应，真的。

她忽然不知道该如何表态，只是静静地目送他走出自家大门。

郭鸿翔回到家门前，慢慢转开了铁门的钥匙孔，想着。

"到底是承受了多少呢？才会让自己变成这样……13，她真的……很奇怪吧……"还好，还好他没有变成那样，但是如果哪一天他因为太思念13，也得了精神分裂症，那么，她就会回来了吗？

会吗?

头，些微有点眩晕，他想睡了。

潜伏型精神分裂症。她一直不想去知道这到底是个什么样的精神病。

她只知道，现在的自己很好了。嗯，是的。很好了。

不会再有幻觉、有自杀的念头了。这样够了。

“会不会……跟他讲太多了呢？”看着桌上那包他忘了带走的香烟，她说着。

怎么会跟一个陌生人说了这么多呢?

“有很多痕迹、很多记忆……是不管……得了什么病,都抹不掉的。”这些年来，她一直在寻找能真正忘记过去的方法，不过一直找不到。

爱上欧人豪，是她唯一发现能减轻痛苦、让自己快乐一点点的特效药。

只是，特效药的效用也不过如此，副作用反而还大很多。

轻轻地闭上眼，努力地让懦弱的眼泪不要流下。

睡一觉吧，一觉醒来，一切又会没事的。

次日。

陈郁婷一进公司便看见桌上有张字条，要她去欧人豪的办公室等。

会是因为昨天晚上的电话？

她平静而慢慢地走进办公室，看见欧人豪的脸色不是那么好，她有点担心。

“昨天……”她缓缓地开口。

“昨天是我失控了，抱歉。”

失控？那么，你到底把我当成什么了？

“不过我很担心你，昨天晚上你声音听起来……”

“我没事。”她马上打断了他。

欧人豪对上她的视线，似乎是想寻找出是否有说谎的迹象。

“你可不可以……不要再那么爱逞强了？”

“我没有啊。”

“你多久没去复诊了？”

陈郁婷深深地吸了口气：“我的事，可以请你不要再管那么多了好吗？”

“我把你当成妹妹，怎么能不管？不要任性了。”他有点生气地说道，虽然连他自己也都不知道自己是否已经越线。

“妹妹？”她像是听见什么可笑的言语般，苦笑。

“如果是妹妹，你管的范围会不会太广了点？我们又没有血缘关系！”几近歇斯底里，她吼道。

“我……”欧人豪又说不出话了，“你……该不会真的喜欢我？”

“这问题，没有必要回答你。”

说着，她转身就走出办公室，办公室外的同事们像是有偷听到他们在讲些什么般，纷纷投以怪异的眼光。

她只是静静地、什么都不去想地做自己的事。

办公室内的欧人豪，则是懊恼地抹了把脸。

昨天晚上，昨天晚上如果她真的出来见他了，他会对她说什么？

“能说什么呢……只是妹妹啊……”他扪心自问，喃喃自语。

提着一袋炸酱面的食材，郭鸿翔忍不住在等待的时候拨了一个电话号码——13 的号码。

至今他仍旧在无意的情况下，一有时间就打打看，想她的时候打，恨她的时候也打……

只是希望有一天，听见的不再只是那机器女声说着“对不起，您拨的号码是空号”，而是那熟悉的声音说着“你好”。

“唉……”

“你在我家门口干吗？”下班回到家的陈郁婷，便看见郭鸿翔在自家门外。

“等你啊。炸酱面，你忘啦？”

“啊？”

“快点啦，我肚子饿死了。你看，食材都帮你买好了。”

陈郁婷眯眼看着他："你吃错药啦？"

"对啊，我是吃错药了，不然怎么还会认识你这个奇怪的陌生人小姐？"

"白痴哦。"她笑了。她知道他一定是不希望自己想太多，怕她误会——昨天晚上他那样表态，是在害怕她误会才做得这么刻意。

刻意也好。

至少，真诚不会骗人。

"准备的这是什么食材啊？根本就乱七八糟嘛。"在厨房里，陈郁婷翻了翻那一袋食材，忍不住抱怨着。

"咦？完全买错了吗？"

"废话！"

"哼——根本就是你自己技术差，厨艺好的人，什么样的食材都有办法做成炸酱面。"郭鸿翔故意硬扯地说道，"《中华一番》看过没，学着点。"

陈郁婷白了他一眼，心说既然他不识相那她也不用客气了。

"好啊，那么这位《中华一番》的传人的陌生人老兄，今天就麻烦你大显一下身手喽。"

"咳，我告诉你，真正的高手是不随便出手的。"

"最好是！"

在一阵吵吵闹闹之后，最后摆在餐桌上的，是两碗非常奇怪的面，而那两人还相互打着谁能吃完就给谁一百块的奇怪赌局。

这样耍小聪明乱玩的下场，当然都是以拉肚子为结局。

“你的面真的会杀人……”从厕所拖着沉重步伐出来的郭鸿翔，有点虚脱地说着。

“拜托，也不想想是谁买的食材。”

“你……算了，我没力气跟你吵。”他边说，边在阳台的另一张躺椅上躺下。

今天的天气很好。

陈郁婷很难得的，在这躺椅上看见了天上的星星。

这就是她当初买这两张躺椅放在阳台上的原因，虽然，在这之前她一次星星都没有看到过。

“唉，也许——该开始说了哦。”

“可是，今天没有酒啊。”

“有烟，要不要？”

“哼，你自己得肺癌就好，别拖累我。”

“什么跟什么啊……说得自己从来不抽烟似的。”

“是啊，今天不抽。”

“……”

Chapter 9

三天了，三天没有接到她的电话。而我，也没有打。

我怕，怕打了之后，会听到我不想听到的。

我怕，怕打了之后，会转接到无人接听的信箱。

晚上十点多，客厅的桌子上已经散落了十几个啤酒瓶。没有开电视，家里没有任何的声音，我只是静静地一瓶接一瓶地喝着。

不知道 13 现在在干吗……会不会……已经跟她的前男友和好了呢？

如果是这样，那么我又算什么呢？

咔嗒……大门传出了锁被打开的声音，我没有抬头看一眼。

"啊……你这是怎样啊……"汉生一进门就闻到了重重的酒味，他忍不住道。

我冷冷地看了他一眼，不发一语地继续喝着。

"你怎么把自己搞成这样？"汉生边说边走到我旁边一起坐下，"你跟13怎么了吗？"

"没怎么了啊。"

"……"

"你们刚刚吵架了？"汉生道。

"吵架……是吗……"我垂下了眼帘，不知所云地重复着。

我们那算吵架吗?

她连让我们争吵的机会都不给我！即使真的有这样的机会，我也未必会跟她吵。

"唉……你是不是男人啊？"汉生难得正经地说道。

"……"

"情侣吵架虽然在所难免，可是让一个女孩子这么晚了站在外面，很危险的。"

站在外面?

"什么意思？"我一脸疑惑。

"13啊！你们到底吵多久了啊，看你这满桌子的啤酒，她应该在外面等很久了……好歹也载人家回去吧。"

我一怔："你说，13她现在在外面？"

"废话！"

下一秒，我已经顾不得自己是不是醉得快不能走了，直接站起身冲出家门。

她跑来我家外面……这是……真的吗？

一冲到我家大楼楼下，果不其然，我看见了她那纤细的身影，随意地坐在一辆摩托车上，发着呆。

我一步步地走近她，有点不敢相信。我以为她恨死我了，以为她不会想要再见到我了。

"13……"我沙哑着嗓子，缓缓叫着她。

"鸿翔……"

我看着她的样子，有点心疼，那模样不比我好，感觉她好像瘦了一点，脸色也没那么红润……是不是没有乖乖吃饭呢？

"你怎么……在这里？"

她慢慢走下摩托车，看着我："鸿翔……我……"

或许是因为太思念了，也或许这三天来我太害怕我们之间的结束，所以在下一秒，我将自己的意识交给了行动。

我紧紧地抱住了她。

"对不起……"她的声音有点颤抖地啜泣着。

"是我……对不起。"我讲得很小声，但足够让她听见了。

是我对不起。

对不起从来没有用心去了解你，对不起擅自去设想了你很多想法，对不起我只顾虑到我自己——

这些对不起，你都听见了吗？13。

把13带到家，我倒了一杯热茶给她。

汉生今晚很识相地乖乖待在房间里没有出来，平常他一定会故意当个电灯泡的。

“你……呃……他……不……”我有点语无伦次，根本不知道该从何说起。

“我不喜欢那个打人的你。”她打破沉默说着。

“我知道。”是我失控了。

“我跟他，早就已经结束了。”

“我知道。”是我自己连问都没问就先想出答案，才会误会你的，我都知道。

“还有，我今天想在你家过夜。”

“我……咦？”正要继续说的“我知道”一下突然打住。

“我发现——我们还不够了解彼此，所以，你可以问我全部你想知道的，我也要问。”说着，她轻轻地笑了。

我也笑了。

看见她的笑容，发现才不过三天，我就这么想念她那有如微风般的笑容。

“你真的……要留下来过夜？”我又问了一次，有点不敢相信。

“不行吗……”她有点失望地看着我。

不是不行……只是，我好歹也是你男朋友……更是一个正常的男人。

“不……当、当然可以，呵呵！”我尴尬地说笑着。

“我的父母，在我要上大学之前双双车祸过世了，所以我才会来这里跟我奶奶住，然后考上了T大。原本我是外地人，一个离这里说远不远、说近不近的地方。”

13只用简短的一句话就说完她的过去。我记得，那句话是在我们交往以来的“第一次”之后，她躺在我胸膛间轻轻说的。

越来越理解，情侣之间的吵架，反而可以让感情更好。

我有点感谢她那个前男友了。

虽然我若再看见他，可能还是会扁他。

即使那晚之后，我跟13之间相互了解了许多，当然也和好了。可是不知道为什么，我还是有一种捉摸不透的感觉。

她老是给我这样的感觉，一种明明我应该很了解她了，可是却和她之间还隔着什么透明墙一般的感觉。我无法跨越，只能静静地看着。

随着天空上的星星闪烁，我的回忆继续不停地转动着。

我想起了那天我们和好之后，三更半夜的，她竟然提议说要去超市买冰吃。

即使是夏天，晚上还是会冷的，我紧紧牵着她的手，一起慢慢地跟着她走在街头。

这感觉很不一样。

“今天的星空，好寂寞哦。”她看着夜空，忽然说道。

“怎么说？”

“你看……只有一颗星星在闪烁，这样，不是很寂寞吗？”她停下了脚步，指给我看。

“寂寞啊……那你呢？13。现在的你，寂寞吗？”我问，然后看着她那小小的侧脸。

她停顿了好一会儿才道：“我还有你在我身边啊。”

现在回想起来，才发现她当时的回答，有多么避重就轻，她并没有去正面回答那个问题。

而我，当时也假装不去在意她眼神里透露着的无奈。

她到底在无奈什么呢？

如果我能够马上追根究底一点，是不是就可以阻止她离开了？

“果然，是个很特别的女孩呢。”缓缓地坐起身，陈郁婷说道。

“是啊，就跟你说了，她很特别吧。”

“如果现在她出现在你面前了，你会不会再像那次一样，毫不犹豫地紧紧拥住她？”陈郁婷忽然问道。

郭鸿翔一愣，不知道为什么这么简单的答案，他却无法在第一时间内回答出来。

他被自己的犹豫给怔住了——

陈郁婷见状，便从口袋里拿出一个十元铜板，丢给他：“不知道的时候，就用这个来决定吧！”

不知道该用哪一个的时候，就用这个决定吧！

陈郁婷边说，脑海边缓缓想起告诉她这个方法的人。

“啊？”掷铜板？不会吧……

“命运会帮你回答的，只是看你敢不敢面对而已。”

“丢就丢，那么，字是会，人头是不会。”说着，大拇指轻轻地把铜板一勾，铜板迅速地在半空中旋转着，然后，啪——扣在手掌心内，他深吸了一口气，缓缓地打开。

是字。

他笑了。

“13……”

“也许那个时候的她是想告诉你，其实她很寂寞，很寂寞……是那种，不管谁陪在身边都一样的寂寞。”陈郁婷再度躺回躺椅上，缓缓地说道。

“不管……谁陪在身边……是吗？……”

两人沉默了好久好久，大概有半个小时吧，各自对着夜空发呆。

“喂，你睡着了吗？”

“没啊。只是在想事情而已。”

“你想睡了吗？”

“还好，干吗啊？”

“你想装傻吗？”

“装什么傻啦？”她转头瞪了他一眼，这位仁兄又吃错药哦。

“换你了。”郭鸿翔轻轻地一笑。

“为啥啊。”

“那，丢铜板来决定？”

“好啊！我要人头！唉！先说好哦，铜板翻到谁，就谁说！”陈郁婷赌性一来，马上坐起身。

“那我是字。”

铿——大拇指将铜板往上弹，结果他一时没接好让铜板掉落在地，就这么不停地在地上旋转着——两面的命运，就像一个天平一样，摇摆不定。

不一会儿，铜板的旋转速度开始变慢，变慢……再变慢……

喀喀喀……

最后等它停止时，是人头。

“呀呼！你输了！哈哈哈！”

“你作弊吧！”

“唉唉唉……愿赌服输，哦不，你应该要懂得面对自己的命运，哈哈！”他马上现学现卖地讽刺着。

陈郁婷白了他一眼。

“我真是自掘坟墓了我。”

“唉，你家有没有咖啡机？”

“有啊。”

“泡个咖啡吧！”

“哼……”

才发现，夏天的夜晚，让人容易失眠，容易想讲故事讲一整夜。

到底为什么喜欢雨天？

偶尔，我也曾这样问自己。

出院三天了，工作辞了，电话关机了，我想就这样人间蒸发了。

撑着充满忧郁的蓝色小伞，我蹲在离我家很远的路边，听着滴答滴答的雨声，只想这样一直发呆着。

不知道他怎么样了？

那天赶走了他，那天那样拒绝着他的关心……是我太过分了，对吧？

"好累……"我喃喃。

人生，真的得这样一直这么累吗？不管以前，还是现在。

"找到你了……"一把黑色的伞映入我的眼帘，我愣着。

"是你……"

"佩倩打电话给我，她很担心你，说已经三天找不到你人了，她因为还要上班，到处拜托人帮忙找你，你知道吗？"

欧人豪的语气很轻很柔，可是我却能感觉得到他语气中透露着的责骂。

"……"

"今天早上一起来，发现下雨了，我就知道今天只要我勤劳一点，一定能在雨停之前在这个城市中找到你。"

"……"

"吃过东西了吗？你脸色看起来很不好。"

我一直沉默着，一直。

"你到底……"

"为什么？"我抬头看着他，问道。

"你一定以为，即使你在这个世界上消失了……也没有人会在乎你对吧？"

"……"

"我曾经也有一样的想法哦，只是最后你才会发现，身边有多少人在关心你、舍不得你、在乎你……只是都是你自己刻意不想去发现而已，不是吗？"

"自怨自艾，只会把自己逼到一条绝路。"

雨，似乎大了，我继续撑伞蹲着。

"你到底发生过什么事？我问佩倩，她也只是摇头，不过你不是本地人，这点我猜得没错吧？"

我轻轻地说："错了哦，我是本地人，只是……曾经在国外待过几年而已。"

"哦？是吗？"他故意用着一副不相信的口吻。

我站起了身："不相信啊。"

"是不太相信，等你自己说喽。"

总归一句就是想套我话嘛。

我轻叹了一口气，很不甘愿地开口。

"我曾经……有过一个很执着的梦想哦。"是啊，曾经执着得连自己都不敢相信。

"看不出来，呵。"像是故意要逗我笑般，他道。

"呵，是真的，那是自从我有记忆以来，就一直一直坚持不弃的梦想，而且也曾经达到过一个高峰。"

“都是曾经，那现在呢？”

“现在……现在没有了。”我闭上了眼睛，然后又睁开，像是终于做好了要说出来的准备般，“我以前最喜欢的事情就是画画。”

“嗯，画画。我甚至一度觉得，我自从出生以来的使命，就是追求画的极致境界。”

“那为什么最后……”

他问，然后，我抬头看着持续滴落的雨。

“以前，我很喜欢画雨天，或许是因为有个人曾教我如何观察人的情绪的关系吧。”

“那跟雨天有什么关系？”欧人豪还真是越听越不懂了。

“啊，下雨了！爸！下雨了！”

还记得以前住在大阪的那栋房子，是很简单的三层楼屋子。外表看起来很旧，但内部的摆设与布置，却是清一色采用日本古典风，让人只要待在屋子里，就会很有灵感。

我当时才高一，跟随着父母已经在日本定居了三年，原因是父亲被公司调度出差。

“下雨了是吗？那还真是太好了呢，没忘记我说过什么吧？”难得休假的爸爸，今天很幸运地可以跟我一起赏雨。

“雨天，是最能观察人的各种情绪的天气，嘻！”拿好了画桶及画布，我兴奋地说着。今天的这场雨，将整个大阪勾勒成一幅很美的景色，我已经迫不及待地想要画画了。

“啊，你们两个，怎么那么喜欢在雨天出去啊？”妈妈从厨房走出来，忍不住念道。

“有什么关系嘛，我们很快就回来。”老爸打了个拜托的手势，接着赶紧推着我出门了。

“真是的……”妈妈受不了地摇了摇头。

当时的我已经举办过两次个人画展，也是日本各大比赛的常胜将军，我想我得感谢我的父母，是他们发现了我的天分，并极力地让我自由去发展——即使这样有点荒废了学业，他们也不会逼我暂时放下画笔。

跟着老爸一起走在雨天的大阪，每个人的脚步都匆匆忙忙的，有些人讨厌这场下得不是时候的大雨，有的人却像是失恋一样，完全沉浸在雨天的忧郁氛围中。

“爸……今天该画什么好呢？”或许是因为经常画雨天了吧，我开始有点想不出要画的素材。

“那我来给你提议，让你选吧，一个是这条在雨天仍有不少人的大街，一个就是去神社里画，怎么样？”老爸他每次都有办法。

“咦……要选一个哦！可是这两个我都想画，尤其是想去看神社。”之前下雨，我都没想过要去看看神社呢。

"那就去那吧……"

"唉……等一下啦，爸！可是……我也想画这条街。"当下，我陷入了一种进退两难的境况，因为不知道这场雨会下多久，所以我必须利用这短短的时间，把我想要画的给拼凑出来才行！

"忘了我之前怎么教你的吗？"

"不知道该用哪一个的时候，就用铜板来决定命运吧！"我们几乎是异口同声地说着。

然后，一对父女便傻傻地笑了起来。

利用铜板，决定了去画神社，没想到路才走到一半，工作繁忙的老爸便接到一个公司的电话。

我听着他用日文频频说是，然后又说了一句马上赶过去的话。

"郁婷……"

"我知道，爸，你快点去啦，别担心我。"我给了他一个微笑，要他放心。

老爸就这么直接往回家的方向快速奔跑着，应该是很紧急的事情吧，不然不会急成这样。

我轻叹了一口气，不是那么在意，直到来到了神社旁边，我找了一个檐边躲了过去，刚好可以在那边躲雨，边画画。

在开始画之前，我习惯性地点上一根烟。

这是我近一两年才开始的习惯，我父母当然不知道，因为我的烟总是藏在一个谁也不会去注意的地方。

轻轻地吸了口烟，我看着雨，看着神社内来往的路人。

一种与生俱来的灵感，在脑海中开始勾勒着画的模样。嘴角轻轻上扬，我知道要画什么了。

有的时候，我常在想，那天要是没有出去画画，就好了。

就好了。

欧人豪听到这里，忽然摸了摸我的头。

“去我车上吧。”似乎被他发现了我颤抖的手，他忽然说道。

“……嗯。”

“喂……回神哦！”郭鸿翔的手在她眼前挥了挥，感觉她的状况有些不太妙，说话说一半就停了，且脸色还有点苍白。

“抱歉，不小心发呆了。”

“唉……如果真的很痛苦或者不舒服就不要说了，知道吗？”不知为何，刚刚他一度以为她会一直这样下去，回不过神来。他刚刚起码叫了五声以上吧……

“我知道啦，我知道。”

“不过……还真是没想到，你居然……啊！我知道了，难怪那天我老师会叫你仓桥爱，他家还收集蛮多画，应该是你画的吧？”像是故意要将气氛缓和般，他用一派轻松的口吻说着。

她一听，轻眨了眨眼："是吧……"

"唉，吃药吧，我不放心你。"看着她那个模样，他实在不放心回家去，不知道为什么，他开始感觉她好像越来越透明了，像是下一秒就会完全消失的透明感。

陈郁婷抬头盯着他，沉默着。

"快点。"

"你真是爱瞎操心，吃就吃。"说着，她从餐桌底下拿出了一罐药，当着他的面直接吞了两颗。

"早点休息吧。"

"嗯。"

目送他走了之后，她继续沉默地坐在椅子上。

久久无法回神。

只能静静地等待药起作用，好平复那情绪。

"要是我没有画画的天分，应该会更好吧……"

轻轻带上了陈郁婷家的家门，他沉默着。

他似乎才开始认识眼前这位陌生人小姐。

"有些曾经似乎本来就不该一再地被翻搅出来。"他是不是害了她呢？不应该逼她讲的……不应该。

而他也有点难以想象，那天，她口中的那天，后来又发生了什么事，有什么事情是足以让她夜夜摆脱不了梦魇的呢？

“陌生人老兄，你欠我十块哦。”

“……啥时？”

“刚刚啊，丢铜板的时候，谁叫你直接把十块丢到阳台外了！”

“……你妄想症犯啦？”

“我这是在向观众报告实情。”

“什么，你自己刚刚还不是丢了三次铜板！”

“你干吗配合我啊？你也有妄想症哦！哈哈！”

“……”

Chapter 10

她把房间阳台的窗帘紧紧地拉上，没有一丝的光线，很想很想，就这样让自己在黑暗中被吞噬。

躺在床上，眼睛半睁地看着天花板，她想着，想着自己刚逃回这儿的日子。

从飞机场缓缓走出来，她戴着一副墨镜，抬头看着刺眼的阳光，沉默着。

她只能沉默。

这些日子以来，不管警方还是姐姐那边如何逼问她，她就是什么也不想说，最后还是姐姐用了点人脉，才得以让她从日本脱身回到这儿来。

好久好久没有踏过这儿的土地了。只是，很可惜，她在这儿并没有什么朋友，以前她只知道画画，班上的同学都觉得她是怪胎，所以很少人会接近她。

拖着行李，她走到了机场外的垃圾桶边，然后拉开了行李箱，找出一包烟，啪啦——丢掉。

丢掉。

把过去都丢掉。

把不想记得的都丢掉。

把那个该死的画画天分，也一起丢掉。

“你一定在那边以为自己在这儿没啥朋友对不对？真是的，才几年没见，你就把我给忘啦？郁婷。”

熟悉的声音从背后传出，她转过头一看：“佩倩……”

“不错，还记得我的名字就很好了！”她比了个赞的手势，“真是好久不见哪！”

“是我姐姐……”

“对啊，你也真是的，真的完全忘了这儿还有个这么想你的朋友在等你回来啊？走走走，我已经帮你找好房子了。”

啪嚓。

她怔怔地看着眼前这个曾经最要好的朋友，行李从手中脱落，下一秒，她紧紧地拥住了她，像是一瞬间抓住了什么浮木般，紧紧地抱着。

“回来就好，回来就好，一切都会没事的。”佩倩仅这样说着。

陈郁婷还记得，以前自己被班上同学当成怪胎的时候，只有佩倩愿意接近她，甚至还老是叫她帮她画一些素描，并时常给她一些画画的建议，她们一直很要好，直到她被迫跟着家人去日本前，她们都很好。

结果因为去了日本的关系，也渐渐地就疏于联络了。

“一切都重新开始吧，好吗？”

“嗯。”

“一直以为我能重新开始，后来才发现我不能，不能……一直不能……”她喃喃着，然后缓缓坐起身，在这几乎伸手不见五指的黑暗里，慢慢地伸手摸着床底下，接着搬出一个大木盒。将窗帘拉开一半，微微的月光，温柔且不带一丝痕迹地洒进。

轻轻地照亮那个木盒的模样。

是一个很普通的盒子，她慢慢地擦了擦上面的尘土，深吸了一口气，她缓缓打开——

那天，在最后的那天，她所画的最后一幅画，究竟画了什么呢？

她一直想不起来，一直，或许是刻意不想记得吧。

打开了木盒，里面只放着一幅卷起来的画，她机械地慢慢将画给摊开——

是一幅充满着蓝色忧郁，又带着一点温暖的画。

画里画的是沉浸在雨中的日本神社，以及一些下大雨却仍想来求个心安的人们。无论是甜甜蜜蜜的情侣，还是想祈求保佑事业顺利的失业族，又或者是暴走族，眼神中都是诚恳的模样。

雨中的神社，虽然显得有些忧郁，可是，却隐隐感觉到它那有如大海般的温柔，说明着它无条件地接受任何人的来访，不分贵贱，只要有一颗诚心的人，它都欢迎。

陈郁婷的手，依旧颤抖着。

啪嗒……啪嗒……

涌现的泪水一点一点地将画给晕染开来。

哭。

她大哭着。

情绪越来越失控，忽然，手机的铃声，让她又慢慢地恢复了理智。

努力调整好呼吸，她抖着手接起："喂？"

"你在哭？"

陈郁婷这才看清楚来电显示是谁。

"没有……"

"我去找你。"

“不要。”

“我说，我现在就去找你。”

“我说我不要！不要老把我当成神经病一样小心翼翼地呵护着，我不是玻璃娃娃！也不是你的谁！我只是你的员工，只是你一心以为的妹妹！”发泄似的，她几乎是对着电话大吼着，一说完，便用力地把手机摔了出去！

不是很平静的夜，反复地被回忆给拉扯，人的心，就是因为这样才迟迟无法复原。

打了个大哈欠，郭鸿翔睡眼惺忪。今天有一堂早上九点的课，他开始后悔昨天晚上那么晚睡了，背着吉他缓缓地打开自家大门，赫然发现陈郁婷家门外站着一个男人。

那是……

他记得……他看过他。

啊，他就是陈郁婷口中的欧人豪，上次也见过他一次。

不过，他站在这里干吗呢？看他脸上的两个黑眼圈以及疲累的样子，他该不会是在门外守了一夜吧？

回过神低头看了手表一眼：“又要迟到了！”在匆匆冲进电梯之时，他忍不住想着——真的只是妹妹吗？看他那副担心的模样，莫非是陈郁婷那家伙怎么了吧……

“算了，管他的，祝福她能够快点幸福喽。”

那天他在赶去教课的途中，不知为何，一路上不自觉地小声哼着一首歌，嗯，难得不是哼他自己写的歌。

忽然觉得这首歌很像他跟那个陌生人小姐之间的写照——张栋梁的《日日夜夜》。

“我们……日日夜夜都在爱着谁……”而他俩也像歌词里说的，在感情里，总是吃亏的那一个。

“哈……果然专情的人不好当啊……只有像我们这样的傻瓜，才会专情。”他淡淡地自嘲。

13，今天早上的你，怎么样？吃早餐了没？现在应该与我一样，在赶去上班的路上吧！

突然好想问问你，在这七百多个日子里，你的日日夜夜，是爱着谁、想着谁呢？

我的答案是你，真的。

忘了是怎么睡着的。

等陈郁婷缓缓睁开了眼睛，才发现自己竟然在冷冰冰的地板上睡了一整夜，轻轻挪动了身子，才发现酸痛得厉害。

“唉……搞什么啊……”就像腰闪到似的。

她抹了把脸：“怎么把自己搞得这么狼狈？”

瞥了眼地板上那张有几处晕开的画，她默默地把画卷了起来，然后又悄悄地将画放进床底下。

就像从未打开过般。

等她稍微梳妆整理后，一打开家门，她就愣住了：“你……”

“你终于醒来了，我还在想，到中午你如果都没有开门，我就要打电话叫锁匠了。”

欧人豪显得有些疲累，毕竟他在这门外守了一整夜，也担心了一整夜。他不懂自己是哪根筋不对了，但他就是很在乎。

莫名中上升一把火，陈郁婷瞪着他：“你到底在干吗？你到底想要干吗？！我到底是你的谁？有必要让你这样做？！”

“……”

深深地吸了一口气，看着他沉默的样子，她也知道了答案。

“我要辞职，从这一刻开始。”说着，她头也不回地转身走人。

“郁婷……”欧人豪叫着她，可是她并没有回头，而他，也被堵得没有力气追上去。

对啊，她到底是他的什么人？为什么每次她问他这个问题的时候，他总是沉默呢？为什么连他自己都不知道答案呢……

手机响起阵阵铃声，他无奈地接起。

“你在哪儿啊？昨天怎么没回家？”打电话来的是子琳，他的老婆。

“哦……没有，我不小心在奇哥家喝醉了。”

“是吗？下次打个电话说一下好不好，真的很让人担心……”

“嗯，我知道，对不起，我一会儿就回家了。”

“你最近……真的有点怪怪的。”

“我哪有怪怪的，你想太多了……”

转角的另一个墙边，陈郁婷偷偷听着他的电话内容，眼睛不自觉地垂了下来，她抿着唇，又是为了那个女人……她知道，她知道那个女人已经陪在他的身边八年了，她也知道那女人才小他一岁，他们，是注定这辈子要一起走到老的人。

很相配。

那女人也是个标准的成功男人背后的女人，一直默默支持、陪伴着他在事业上打拼。

她都知道的，而他，也知道的。

只是，他们之间，并不会因为这样，因为这样……就抹去了那段曾经心动的感觉。抹不掉，反而越陷越深。

“既然放不下那女人，那又为何还要招惹我呢……招惹一个，连情绪都会随时不稳定的女人……”她边轻声喃喃，边慢慢踏入了电梯里。

关上了电梯门，也用力地，关上那个曾经对他打开过的心门。

关上门之前，仿佛——他曾经对她说过的一句话，还若隐若现地——轻轻回荡着。

"我觉得，我真的不适合当一个业务员，我这么笨，你这里又是有底薪的，你能等我多久呢？"

"不要想那些有的没的，不管你会不会成功，我都等你，等你一辈子。"

当他说那句话的时候，她感觉得出来，那句等你一辈子，不单单是在指工作……不单单……

但是，都多余了。

因为，那只是一时激荡的变调浪漫。

从来，没想过还会有这一天。即便他曾经幻想过无数次，但他知道，那一定只会是个幻想而已。

一早教完了课，郭鸿翔就看见老妈正在音乐教室外等着他。

"妈……怎了？怎么会来这里？"

"我就不能临时起意地来看看我儿子啊。"郭妈轻轻地笑了，看着儿子背起吉他，真的是百看不腻的帅。

"没啊……因为你这举动真是太稀奇了。"他调侃着老妈。

"臭小子！欠骂啊！"郭妈忍不住白了他一眼。

"好啦好啦！到底是什么事你就直说了吧！"他家这宝贝老妈，没事可不会大老远跑过来的。

"信，我看了地址，应该是她寄来的信。"说着，她从包里拿出一个信封，说着。

“他？谁啊……”郭鸿翔还反应不过来，接过了信之后，一看见了地址，自己也傻住了。

“……”

“先走啦，儿子，自己找个好一点的角落，再打开来看吧！”

“什么跟什么啊……臭老妈……”郭鸿翔又跟母亲开了一句玩笑，只是，他的眼睛怎样都离不开手上的信封。

信封上的地址是那个城市开头的……

“13……”心跳，跳得很快很快……

他说了，他从没想过还会有这一天的到来，即便他幻想了无数次。

“真的是你吗……13……真的是你吗……”真糟糕，他连那是不是13的笔迹都认不出来了……真是糟糕啊……糟糕的自己……

小心翼翼地，他将信收进了包里，没有打开。

点上了一根烟，他这个时候只能点上一根烟。

他应该要开心一点的啊，13真的写信来了，也有她的地址了，也许里面是写着这些日子以来的解释，他们搞不好可以重新开始了，为什么呢？为什么他却害怕起来了？

害怕那封信有如潘多拉的盒子般，虽藏了秘密，可一打开，却又一发不可收拾。

“你不觉得你很过分吗？直到现在……直到现在还是这么容易地就

可以牵动我的情绪……你不觉得你很过分吗……13。离开我的人可是你啊……”

发动了摩托车，他决定先让自己的生活正常再说，继续上接下来的课，继续吃饭，继续度过他该度过的一天。

直到傍晚，所有的课程都结束后，他才发现都不知道自己今天是怎么度过的，他连打开包看那信封的勇气都没有。

就这么背着吉他，他一步步地来到13以前最喜欢、最喜欢的一间咖啡厅“Once”。

中文是曾经的意思。

曾经……

他们之间的曾经，仿佛也还遗留在这里一般。

真神奇啊！都两年了，这里依旧开着，就像他一样，依旧爱着她。

推开了玻璃门，走了进去。

这里连味道都一样。

有一种很特别的咖啡味，总是不时地弥漫在整间咖啡店里，而这里，也常常有个忧郁的女孩，在随机地进行现场演唱。

煮咖啡的老板，则老用一种特别的眼神，追逐着那个女孩。

那应该又是另一个故事了吧。

就像他跟13一样。

跟这间叫作Once的咖啡厅一样。

他点了一杯咖啡。结果替他把咖啡送来的人，竟是那个女孩。

“你也弹吉他？要不要现场来弹一首？”她淡淡地说着，那感觉就像在说“你今天好吗”。

“咦？我？”

“亚琪，请不要骚扰我家的客人好吗？”煮咖啡的老板说道。

“我哪有……”女孩对他点了个头，便缓缓离去。

郭鸿翔看着，先是轻啜一口咖啡，接着笑了。

“可以吗？”他对着煮咖啡的老板说。

“咦？哦……当然可以，这位客人，这边请。”

因为是傍晚的关系，此时店内的人数不少，大家都用一种看好戏的眼神盯着郭鸿翔。

突然……真的突然，很想在这间13最爱的咖啡店，弹今天早上哼的那首歌《日日夜夜》。

日日夜夜。

他多想告诉她，他日日夜夜地摆脱不了她，他几乎在醒着的每分每秒想她。

简单的吉他旋律响起，女孩在旁边看了，也轻轻拿起吉他，替他进行双重的合音伴奏。

他唱得深情，唱得投入，唱到让他以为时光可能因此倒流了。

等回过神，这才看见一个熟悉的身影，正坐在他那一桌，轻轻喝着咖啡，欣赏着他的表演。

在众人的掌声之下，他不好意思地慢慢回到座位上。

“什么时候来的？”

“嗯……大概是这首歌唱到一半的时候吧，我都不知道你在这里还有兼职，呵。”陈郁婷说着，老实说她蛮惊讶他竟然会在这里的。

“你这口气……怎么听起来不像夸奖？”

“我的确不是在夸奖你啊！哈哈！”

“你今天……没上班？”瞥了眼她脸上那完全没化妆的素颜，他道。虽然她也经常不化妆上班，但他就是感觉得到，她今天身上正扩散着某种情绪。

“哦……对啊。我辞职了。”她若无其事地说着，就好像只是在说一件无关紧要的事情般。

“……”

“唉，你刚刚那首《日日夜夜》，唱得很好听哦，我说真的。”

“呵……”

“也许，你该说说，你今天是不是发生了什么事吧？”像是刻意在逃避自己的心情般，她选择倾听别人的故事。

“……好啊。”

这间店的咖啡很香醇，也很独特。

这是13每次来这间店时，总是会重复的话。

这间店位于爱河附近，我不知道住那么远的她是怎么发现这间店的，但我想应该是她前男友带她来的。她总是很习惯的在一个礼拜内来个两三次，无论我有没有办法载她，就算搭出租车，她也要来。

我知道，每次来的时候，她的眼神总会涌现着一丝失落。

我假装，没有看见。

让心，也一起假装着。

“今天有推出新口味的草莓蛋糕。”13漾起一抹比蛋糕还甜的笑容，说道。

“那就买十个来吃吧。”我过分纵容地说。

“白痴哦……是想害我变胖啊，我吃一个就好了啦，一起吃一个。”她笑笑地看着我。

“嗯。”一起吃一个。

就像一般情侣一样，我微笑着，也享受着那瞬间的小小幸福。

13真的是个贴心的女孩。

有时我都会想，自己怎么那么幸运，竟然交到一个这么了解自己，又很爱自己的女朋友。

果然，有的时候一些想法是不适合想太多的，想太多的结果，只是会让那想太多成真而已。

“喂，你不觉得时间过得真的真的很快吗？”她坐在靠近落地窗的位置，盯着外头那逐渐闪烁起来的爱河，话中有话地说着。

“怎么说？”

“一下子……我们就在一起一年半了，一下子……一下子……我就要毕业了。”她说着，眼神里透露出来的复杂，我不想去解读。

“对哦，你毕业典礼是什么时候啊？”

“很过分哦，我上礼拜就告诉你了，又忘了？”她嘟起了嘴，眯眼瞧着我。

“唉……原谅我嘛，人老了，哈哈。”

她一副拿我没辙的样子轻吁了一口气：“是下礼拜三啦，再忘记我就不告诉你了。”

“知道了……呵呵……”

下礼拜三啊……嗯，时间过得真的很快。

“那你真的打算继续在T大读研究生？”

“应该吧。”

“应该？”

“嗯，我也有在考虑，是不是出来工作比较好？”她想着家里那不是很好的经济，轻蹙了眉头。

我轻搂住了她，希望能给她一些安全感：“不管你做什么决定，我都支持你，所以，别想那么多……照自己的直觉吧。"

"鸿翔……你是说真的吗？"

"当然啊，我何时骗过你了？"

"有！上次你说的猜谜语的答案，根本就是自己乱编的，人家明明猜中了！"她吐了吐舌头，提出了我"说谎"的证据。

"那个哪算啊！"

"算好不好！"

"真是的，吃你的蛋糕啦，我要把它吃光喽！"

"吼……"

这间店的咖啡很香醇，也很独特。还有，我忘了说，这间店的蛋糕，很甜，甜到会让伤口麻木，会让所有的一切变得盲目，而自己却不自知。

"你觉得，幸福如果吃起来，会是什么味道？"

"应该是一种很甜的蛋糕味吧。"

"不，应该是生吃苦瓜的味道。因为我发现，每当人们体会到幸福时，都是在开始痛苦回忆之后，才明白当下的幸福。"

"重点是……谁没事会去生吃苦瓜啊？下次麻烦你也换个好一点的比喻好吗？"

“咦？你没吃出来吗？刚刚你吃的那个蛋糕，就是生苦瓜做的！”

“不会吧……真的假的啊？”

“白痴！当然是假的，哈哈！”

“……”

Chapter 11

我也许就是那种对爱情执着得像个傻瓜的那种人吧。

每次当我这么自言自语时，我老妈总是在一旁频频点头。

13 毕业典礼的前一天，我们提早偷偷去另一个城市庆祝，我就这么跟着 13 玩了一整天，就只有我们两个。

我们去了很多地方，一路上我们拼了命地拍照。

晚上，我们最后的目的地当然就是 F 山。

只要是情侣，都会一起上去的一个地方。

以前我没去过，老是在想那地方究竟是有多好、多美，为什么每个来这个城市玩的人，都一定会去看一看。是因为那是山上的关系吗？

如果是这样，我们当地的山也很棒啊。

但当我坐着出租车上去之时，我才发现我错了……

那天的夜空，刚好没有任何乌云，非常的晴朗。

从山腰某个崖边望下去，那一览无余的夜景尽收眼底，真美——

“好漂亮……”13忍不住道。或许是山上有些凉意的关系，她又握紧了我的手。

“嗯。”

“啊……鸿翔，这好像是我们交往这么久以来的第一次旅行。”她微笑地说道。

“是啊……”我也回应地笑着，有很多时候，当我看着13的笑容时，不知为何，总有一种不真实的感觉。

美得不真实。

就像那笑容本来就不该属于我般。

“明天……就要毕业了……”

“你已经决定好要怎么走接下来的人生了吗？”

“嗯。”她望着山下的远方，凝神地看着。

“那就好。”

“可是……不知道为什么，我却很不希望……明天的到来。”她说着，然后加紧了握着我手的力道。

我看着她，没有说话，我想她现在需要的只是我静静地聆听。

“来拍照吧，纪念我们第一次来F山。”她甩了甩头，重新漾起笑容说道。

“嗯！”

那天晚上，我们度过了交往以来最开心的一天。

我想我能懂她为何会说明天不要到来，因为我也这么希望着，我希望我们的时间能暂停在那美好的一瞬间，永远。

那天等我们回到生活的城市的时候，刚好是早上七点多，我们才在车上睡了四个多小时。

很疲倦。

“鸿翔，你还是回去睡觉吧，等我毕业典礼一结束就去找你。”

“不行，说好我也会去参加的。”

“没关系啦，你现在回去好好补觉，晚上才有精神一起吃饭庆祝呀。”她体贴地说道。

“嗯，好吧。”

“那就晚上见。”

“晚上见。”

之后，我去了照相馆，将相机里的照片洗出来，然后，我便开开心心地回家了。只是，遗憾的是，后来，我一直没有去拿照片，一直。

就像是鸵鸟心态。

没再去拿了。

“是哪间照相馆？”陈郁婷淡淡地问道。

“忘了……反正应该也倒了吧。”他刻意假装不在意地笑了笑。

是啊，应该倒了吧。

“咖啡……凉了呢。”她喝了口，嘴角轻轻微笑地说，“我比较喜欢冷却掉的咖啡。”

“冷却掉的？那会有点苦涩吧。”

“是啊，的确是……但那样的苦涩里，有时总会有种若隐若现的甜味，你没发现吗？”

“有吗？”他一听，也喝了口自己的咖啡，“哪有……就真的很苦涩啊。”

“呵……”

“唉，上次你说的……嗯，就是你说到神社那里……”郭鸿翔小心翼翼地说着，他很怕她又会突然崩溃之类的。

“你想继续听下去？”她没有任何情绪起伏地说。

“呃嗯……你不想说也没关系啦，纯属一个小毛孩儿的好奇。”

“看在你终于承认自己是毛孩儿的份儿上，本姑娘就大发慈悲继续说喽。”她轻眨眼地笑了笑。

“你……”

“唉，小声点！大庭广众的，很丢脸啊。”

“臭女人！”

就在他俩嘻嘻哈哈之后，她的目光轻轻望向窗外，试图让那一段段回忆变成一段主角不是自己的一个故事。

没错，她必须要客观。

客观地说完它，也许她就会好一点。

坐在欧人豪的车上，我努力地让情绪重新稳定下来。

“然后呢？”欧人豪边开车，边又问那后来怎么样了。

“咦……我还以为……”

“以为我会告诉你，还是不要继续说比较好，是吗？”他似乎早就看穿了我在想什么。

“呃……嗯……”一般人通常都是这样的，不是吗？

都会特别小心翼翼地保护我，害怕我一个失控又怎么了。把自己变得什么也没办法做，真是够了……

“呵，放心吧你，因为医生有交代，要你把最阴影的那块地方找出来，让你重新找回面对过去的勇气，你的病情才会稳定。”

“所以，是非说不可喽？好吧……”

因为是你，我才说的，因为我想让你了解我的全部，然后我也想要倾听你的全部。

那天……我说过了，那天有下雨对吧。

我画了一整个下午，才将那幅画给完成，自我满意地审视一番之后，我迫不及待地想拿回家给爸爸看。我喜欢每次我的画又有了新的突破后，爸爸那喜悦的表情，他从来都不会吝于夸奖。

一路上，我发现或许是雨势开始有点增大的关系，行人已经减少了许多，而我的手臂与小腿，也都被雨给淋湿，变得湿湿黏黏的，不是那么舒服。

走了大约十几分钟的路，终于走回我家住的那条小路上。

雨，继续下着。

就在离家里大约还有三户的距离时，我被突如其来的画面给怔住，然后停下步伐。

我看见爸爸被一些凶神恶煞的黑衣人推倒在家门外，倒在雨中。

我愣住。

愣住。

“爸……”

在滂沱的雨势中，躺在地上的爸爸，似乎也看见了不远处的我。

我想要大叫。

可是他却忽然起身用力将其中一个黑衣人给推进去，然后，我听见他的惨叫。

“不……不要……”

我赶紧跑了过去，然后，偷偷地躲在窗户边，试着偷窥着里面的情形——

这一看，我听见手上那些画具落地的声音。

妈妈她早就倒在血泊之中，额头上还有一个枪孔。

一般人，一般的小孩子遇到这种情形都会怎么做？脑袋里想的又是什么？

应该是快点去求救吧。

可是……我却动不了。

我机械地拉开一点窗，试图想要听见里面的声音。

爸爸倒在地上一直被那些人用脚用力踹着，他满脸鲜血地挣扎着。

我感觉到我的心，越来越空洞了，因为我连心痛都感觉不到。

“我听说你有一个很会画画的女儿，对吧？那么她应该帮你赚了不少钱才是，怎么可能会没钱呢！”

一个戴着墨镜，穿着大衣的男人缓缓从一旁的椅子上站起来，黑衣人也暂时停止踢踹。

脸已经肿了半边的爸爸，瞪着他，虚弱地喘着气，然后呸了一口血在地上：“你们这些董事会的走狗！以为把挖空公司的罪名丢在我身上，就可以没事了吗？！杀了我吧！杀了我也没钱的！更别想利用我女儿！”

“你也想跟你老婆一样吗？你想死就对了！你现在乖乖把你女儿交给我们，等她画的画足够偿还你的债务时，我们就会把她还你了，这样还不好？快！我给你最后的三秒决定！”对方用日文讲了一堆的脏话，说着，他还拿出一把枪……一把……应该是刚刚射死妈妈的枪。

“三。”

“我不会让……郁婷的才华……落入你这种黑道的手里的！”爸爸像是用尽最后一丝力气般，嘶吼着！

像是感觉得到我就躲在窗边般……

“二。”对方已经拉开保险栓。

“她以后会继续画画！会继续她的梦想！但是绝对不是为了任何的利益！”

砰……

老实说，我真的……真的想不起来，当时的我，到底……是怎样的心情，因为我连一滴眼泪，也没掉。

哭不出来。

也感觉不到痛。

像是瞬间变成一个无法表现情感的人般。

只能空洞。

直到那些黑衣人在我家又乱七八糟地翻了一遍，甚至还翻出了爸爸留给我的画画基金，大概有将近一百万日元吧，因为我听见他们笑得很开心，说至少没有空手回去，董事会应该不会太生气什么的……之后，他们才离开。

然后，我慢慢地走进家中。

那个已经支离破碎的家。

我唯一认知的是，是我的才华，害死了他们。

我蹲在门边，静静地看着那两具尸体，刺鼻的血腥味，一直侵蚀着我。

那是一段血红的记忆。在脑海里挥之不去的，是那一片片的血迹。

曾经温暖的家，被染上鲜红的痕迹。

后来呢?

后来不知道过了多久，有人报了警，警察才出现。

当他们发现我时，试图跟我说话，想问问我到底是什么情况?

可我却一句话也说不出来，更准确来说，那一段时间我失去了说话的能力。

更别提画画了。

过了几天，警察说应该是因为爸爸亏空了公司的巨款，才会遭人暗杀什么的。

那之后，一直在美国留学的姐姐也火速赶了回来，她那时陪着我在日本住了好一段时间，甚至还帮忙把我的画高价卖出，好处理爸爸那笔亏空公款的债务。把全部的画都卖掉之后，很幸运地只剩下不是太多的债，姐姐说要我别担心，那点钱她有办法慢慢还……

只是，我还是一句话也没办法说。

看着姐姐一肩扛起所有的责任，到处奔跑只为了把画的价钱卖得更高，到了晚上，还会难过地说，她其实也很不愿意卖掉那些我的心血，每天每天，她总是道着歉……

她越是道歉，我就越是说不了话。

有好几次，她几乎是痛哭着求我说话，求我不要再这样……

可是我，眼泪还是流不下来，声音也发不出来。

到底是过了多久呢?

好像是姐姐请了一个很厉害的心理医生吧。

我终于能说话了，可是对于那天的事情经过，我还是选择沉默。

你要我怎能说出呢？姐姐。

你要我怎能亲口说出，是我的画画能力，害父母死掉的呢?

没错，我一直认为，爸妈会死，终究还是我的错。不管那些人到底有没有诬陷爸爸，故意害爸爸背一大笔债。但是最后那一枪，还是因为我，那些坏人才开枪的不是?

我的情况好转后，姐姐决定回美国，而我自己也要求她让我独自回国。

我怕，怕我跟姐姐在一起，有一天也会失去她。

深深地吸了口气，我感觉自己好像又再死了一遍，因为那段记忆真的太……不堪了。而我也说得零零散散的，果然，果然我还是无法好好地说出当时的情况。

“说出来就好，别想太多，那只是个过去，知道吗？”他温柔地摸了摸我的头。

“……”我看着他，只是看着他。

“以后的未来，你不会再受到伤害了，因为我会陪着你。”他说着，然后将车子缓缓停在我家门口。

这句话的意思，究竟是什么呢？我很笨，真的听不懂，真的听不懂你……

“我到底……是你的什么人？为什么要……”

“因为我相信你一定会来我这工作，老板对员工好，是很正常的事吧？”

那时的他，真的为自己、也为我找了一个很好的理由。

一个让我们奇怪的关系，能继续延续的借口。

“咦？”

“你饮料店的工作应该也没了吧？”

“嗯……可是我……”

“你可以的。”

“你怎么知道我要……”

“我就是知道，快回家休息吧。”

我笑了，浅浅地笑了。

原来被人猜透在想什么，有时候并不讨厌。

反而高兴。

你真的很奸诈，你知道吗？

你总是为自己铺好了一切，我知道你是那种为了达到自己的利益，不择手段的人，我知道你一直都是这样的人。

你不相信人，比谁都不相信。

可是为什么呢？为什么知道了你这么多的缺点，知道了你接近我只不过是有目的，我却还是喜欢你，还是奢望的，想从你那层层的谎言中，找出那么一点喜欢我的真实？

为什么？

“为什么……”

“你这是什么意思啊？在我听来，他应该是真的喜欢你没错啊。”郭鸿翔有些不解。心说这女人莫非被那段过去给扭曲了，所以才会这样误解那个男人。

“这故事还没说完，不是吗？”

“可是……唉，算了，我老毛病又犯了。”郭鸿翔自嘲地摇了摇头。

“什么意思？”

“我啊……总是自以为是地去想象他人的想法，或许就是因为这样吧，就因为这样，我才不懂13离开我的原因，我才不懂……现在她又寄信来的原因。”说着，他拿出了那放在包里一整天的信封。

“自以为是……”

“嗯，自以为是。”

这不是只有他会犯的错吧。

很多人都是这样的。

自以为是地去想象他人的想法，才会造成那么多的误解。

等到结局之时，还会反过来怨恨别人，却从没想过自己有没有错，有没有……从头到尾的自作多情？

又喝了口那几乎变凉的咖啡，陈郁婷仅是轻轻地抿着唇。

而郭鸿翔，则慢慢地，慢慢地，面对现实地打开那封信。

终于做好心理准备把信打开，映入眼帘的是一沓照片，厚厚的照片。

“这是……”我愣着，只看到第一张我就知道是怎么回事了。是那天之后我一直没有去拿的照片，我跟13去玩的照片。

我愣着，然后一张又一张地翻着，我发现我的手抖得很厉害。

我真的……都快要忘记你的脸了……13。

你离开我太久了，你不应该、不应该在我快要忘记你时，又出现。

这样不公平、对我不公平！

记得那天，你叫我回家睡觉的那天，等到下午醒来，你并没有出现，我打你电话，你却关机，我跑去你学校找你，也找不到。

甚至问了你那几个要好的姐妹，她们却什么都不说。

这感觉就像全世界联合起来瞒了我一件事情，一件你已经离开的事情。

我去了你最喜欢的餐厅，等到店家都关门了，等到天都亮了，你还是没有出现。

我连你要离开的理由，都不知道。

后来，一两个月后的后来。

我在街上遇见了你其中一个好朋友，她叫什么名字我已经不记得，唯一记得的是，她也许知道你在哪儿。

“你是……郭鸿翔？对吗？”一个留着大波浪卷的女孩，忽然看着我说道。

“嗯……咦，你该不会是……”

女孩笑开了嘴：“你还记得啊？怎么样，最近过得好吗？”

“哦，普普通通。”很不好，非常不好，13的离开……

“还是没有人告诉你对吗？”

“什么？”

“告诉你 13 去哪了。”

“那……你愿意告诉我？”

“我就算讲了，你敢去找她吗？”她像是早就看穿我的心思般说着。

“我……”

“她要我告诉你，如果我在毕业之后，有天还能在街上遇到你的话，就告诉你——等她三年，如果愿意的话，就请等她三年，她会回来的。”

“什么意思？”

“其实我也不知道 13 她究竟怎么了，不过她这个决定，似乎在毕业的半年前就决定好了。”

“半年前……是吗？”

“啊，对了，喏，这把钥匙是给你的，那是中央广场储物柜的钥匙，她也交代了，如果遇见你，再交给你。她留了东西在那。”

“为什么……要等到哪天你若遇到我，才能交给我？那要是遇不到呢？”

“谁知道呢，不过这才像她不是？她一直都是一个这么特别的女孩啊。”她浅浅地笑着。

“是啊……”储物柜里放的是什么呢？

一直到又过了一个月，我才鼓起勇气去开那个储物柜，里面只放了一把精致、淡紫色与黑色交错的电吉他。我后来还用那把吉他为她写了好几首歌，关于思念她的情歌。

“现在的她，人在那个城市，你可以直接杀去那里质问她，又或者——等等看她所说的三年……好了，不跟你说了，我现在是上班时间，只是出来买个饭，先走了！”

我忘了跟那女孩说再见。

因为我满脑子都是13的那句话……等她三年……为什么，她到底发生什么事了，为什么不愿意找我商量，为什么连要离开都不愿意跟我再见？

一直很想问她一句话：13，自始至终，你爱过我吗？

感情，为什么总是这样呢？总是有一方像个傻子似的拼命付出，拼命追逐，可是到头来还是一场空？

空……这两年多来的日子，我的生活一直缺少了什么，我的时间也好像比任何一个人都慢。

即使依然固定跟朋友出去聊天、唱歌。

可是每次当我回到家，看着那把她送的吉他，总是会越看越难受，越看越愤怒。

爱，是疯狂的。

有的时候过多的思念会把一个人困住，然后自暴自弃。

因为不知道答案，不懂，也不想懂，所以只能孩子气地愤怒着。

找一个可以发泄的方法，好调理自己的失控。

我恨这个城市。

我恨不住在她的城市。

我恨所有的一切，我恨我自己。

“所以，你那天摔的那把，就是她那次送你的？”

“嗯。”

“结果呢？摔了之后也毁不了那些记忆啊……不是吗？”

“原来，那天去玩，只有我一个人笑得很开心……”郭鸿翔忽然说道，他一直反复地看着那些照片，这才发现，13，在那时就已经不断地在发出“再见”的讯号。

只是自己……一直……一直……没有发现。

“看信吧。”

“嗯……”

你后来一直没去拿照片对吧？

因为如果你去拿了，你就会寄信给我的。

不知道什么意思对不对？

那天其实我在照相馆等了你一夜哦，结果我猜错了，你并没有来，不管是什么原因，我想连命运都不希望我俩道别。

我还留了字条在照相馆呢，里面除了说明我离开的理由，还有写上住址，可是你没去领，因为，我一直等不到你的信。

也许是我太有自信了吧，认为你这辈子都会爱着我，而且永远永远……都是你爱我比较多。

我是不是很自私？

很自私吧……

但请原谅我好吗？

我是爱你的，真的真的。

只是我有个无法向你说明的理由，必须暂时离开你。

再给我一次机会好吗？这一次——让我爱你多一点。

请等我回来，再倒数十天，请再等我一下下。

一下下就好。

“再……十天？”郭鸿翔愣愣地看着最后几行字。

“她要回来了？”

“13要回来了，可是为什么我会觉得这么不真实？为什么……我的情绪异常平静？”

“不真实？感情……本来就是一个没有实体的东西，不是吗？但只有你自己清楚自己的心情。”

“那么，我们还会再见面吗？”

“如果，你想把我的故事听到最后的话。”

“我的故事也还没有结束哦，这不是一个句号，绝对不是。”

“句号？简单，我帮你画不就得了，要几个句号我都给你！哈！”

“啧，难得我们的结尾这么感性……都被你……”

Chapter 12

一回到家，陈郁婷有气无力地将包往旁边的沙发一丢，这才想到——自己都还没去找工作。

滴答……答答答答……

外面，又开始下雨了。

跟那位陌生人老兄在咖啡厅待了好几个小时，连晚餐都忘了吃。

现在又下雨了。

她看着落地窗渐渐地被雨滴给弄得模糊起来，窗外的一些事物也变得模糊，就好像那曾经狂热的画画天分般，一起模糊着。

那天的雨，那天的雨……

要是也跟今天的雨一样就好了，把一切都变得模糊的话，也许她就不会这么难过了。

忽然想起了刚刚在准备要离开咖啡厅时，她跟郭鸿翔的对话。

站在咖啡厅的门口，郭鸿翔轻瞥了她一眼说道："借我看一下，你的手。"

"咦？手？"

他将她的右手轻轻放在掌心，笑道："你应该继续画画的。"

"……"

"你有一双该在自己的领域发光发热的手，就跟我的手一样，这辈子注定弹吉他，而你，则注定画画。"

她的眼神闪过一丝复杂，移到一边："你又知道了？你又没看过我的画，怎么知道我到底——"

"我就是知道啊，跟你的父亲一样，你有一种画家的观察力，这是掩饰不了的哦。"

抽回了自己的手，她深吸了一口气："反正，我是不会……"

"唉，别说大话，别说那种会束缚住自己的话，走啦！拜！"

"陌生人老兄！"在他转身走人之际，她又喊住了他。

"……"

"你真的是个好男人，真的。所以你跟她绝对没问题的，这不算大话吧？"她轻笑说。

是啊，真的是个好男人。

这阵子相处下来，她总是偶尔会想——要是他能有他一半的专情，有他一半对爱情的勇敢，就好了。

“哈！谢啦！”露齿一笑，两人像是回到平行线般，各自转向不同的方向离去。

她低头看着自己的手。

注定这辈子天生就会画画？

她想起前阵子接到姐姐的那个电话。

姐姐说，下个月有一场大型的画画比赛，是她重新站回那个舞台的好时机，她相信，要是以前的自己，那种比赛根本不算什么，但……

“我在……想什么啊……难道我还能……我……”还能画画吗？有这个资格吗？

慢慢地走回房间里，东翻西找了好一会儿，这才找出一个箱子，那里面装的是尘封已久的画具——爸爸买的画具。

从皮包里拿出一包烟，她轻轻点上，用力地吸了一大口。

是不是从她那次又重新开始抽烟，就暗示着她会重拾画笔了呢？

“可能吗？”

她都忘记基本的画画技巧是什么了。

稍微准备了一下画具，她搬了张桌子到落地窗边，然后拉开了一半的缝隙，聆听着雨声，观看着外面。

在那不算正统的画纸上，她举着画笔，手微微地颤抖……半举了十几分钟，就连那随意地撇一撇她都做不到，放弃地将画笔丢在地上，她趴在桌子上，大力喘着气。

还是……还是做不到。

爸爸死前拼命喊的那句话，依然回荡在耳边。

可她却连爸爸这么一点要求，都做不到……

“我只要……你们回来……我只想……回到过去，我不想……这样孤独地画画。”她低语呢喃着。

“又下雨！我是被雨神附身了哦！”

这场雨来得很突然，就如同13的信一样。因为太突然了，所以把自己搞得很狼狈，因为太突然了，所以一时之间只能像个彷徨的过客，停在路边。

他匆匆地躲进了骑楼中，衣服还是湿了一大半。

早知道，刚刚就不该拿东西去老师家了。

早知道，后来的自己应该去照相馆拿照片的。

因为他不想去面对，就算每天都在想她，可是他却矛盾得害怕看见她的脸，害怕自己把她的脸想得更清楚。

因为那只会让他更痛。

拍了拍身上的雨滴，他轻叹一口气，看着那黑漆漆的天空不停地哭泣。

“真是的！哭屁啊……一个真正该好好哭一场的男人都没哭了……”他说着，然后静静地沉默着。

“你到底凭什么……说来就来，说走就走……为什么你说要回来了，我居然还会……还会……心情这样地起伏不定。”

或许，在过去的两年多来，他一直认为13说的三年不会是真的，所以他几乎是抱着绝望在等待着，等待自己有一天能把她给真正地放下。

曾经多少次、多少个夜，他大声呼唤过她的名字，他甚至以为自己会颓废到活不下去……

可是他都走过来了。好不容易地，自己走过来了。

现在，她又出现打乱了他所有好不容易稳定的脚步。

就像，那天的冰店一样。

才发现，狠狠爱过的痕迹，是无法说消除就消除的。

“我可以……再次地、全心全意地爱你吗？”

他怕了。他怕再次付出之后，得到的只是受伤。

抹了把脸：“我该怎么办呢……”

雨，下得很大。

大到把他那心底不断发出的求救讯号，给轻轻掩盖住。

次日，郭鸿翔一走下自家大楼，便看见了一个人。

是那个男人。

即使他一直不知道他的名字（或者该说他刻意地不想记住这烂人的名字），他还是忘不了那张讨人厌的脸孔——当初，害他在13面前大打出手的男人。

“真是好久不见。”男人装没事地笑道。

郭鸿翔几乎是想把他当成空气般视而不见、转身走人。

“她寄的信你收到了对吧？”

郭鸿翔一听，怔住了脚步。

“你想玩什么把戏？”郭鸿翔一转身就紧紧揪住了他的领口。

“又想跟上次那样扁我一顿？真是无意义，我一直以为你的脾气很好的。”他淡淡一笑地说。

“对你，可以例外！”

“亏我这么好心地想要告诉你——”

“什么？”

“13离开的理由，你难道不想知道吗？你认为她就算回来了，真的会告诉你吗？”

“……”

“放手，我就告诉你。”一种莫名胜利的笑容，深深地烙印在嘴边。

郭鸿翔用力地推开他，瞪着。

“我看你在打人就关我的事！”

“为什么老是这样，为什么每次我在扁一个烂人的时候，大家都要帮他！那我呢？！”

陈郁婷一愣：“他就是……”

“我能跟你讲的就这么多了，后来半年过后，也就是她毕业时，她被家里的人送去精神病院一年，之后便一直住在家里，我不知道是什么原因她要离开这么久，也许是彻底忘了我，也许是因为你。”说着，他便趁机快步离去。

“为什么要告诉我这些？”郭鸿翔喊道。

“因为，我欠她太多了。”他没有转头，淡淡地说着。

“……”

陈郁婷这时忽然轻轻抓起郭鸿翔刚刚打人的那只手，手指的关节微微泛红：“注定要弹一辈子吉他的手，就是这样被你糟蹋的？”

他看着她，忽然很想哭。

但又忍住了。

这感觉很怪，第一次，他突然想认真地看着她的脸，认真看此时很专心检查着自己的手有没有受伤的，她的脸。

也或许是因为，这一次面对过去，他好像不再是一个人似的。

就像并肩作战的同伴，却又……有那么点不一样。

当然这一闪而过的感觉，很快地又被刚刚那家伙的话给轻易取代。

回到了陈郁婷家里，他有一下没一下地乱擦着药膏，又开始不停地在想刚刚那男人告诉他的事。

“我觉得……我真的觉得……我配不上她。”他有点半慌神地说着。

“……”

“我什么都不知道，该好好陪着她的时候我没有，该倾听她真正感受的时候我也没有……甚至连她自杀住院,一直到她为了什么离开……我都……”

“那是因为她不希望让你看见那样的她吧。因为她知道，她在你心目中是什么样子的，她不希望那个形象不见了。”

她还是希望有个人是不知道自己所有的丑陋不堪，只是简单地爱上单纯的自己吧。

她懂，她懂13的心情。真的懂。

这也是她自己为什么老觉得，她跟欧人豪的关系是不能再进展的原因，她配不上，配不上。

“那又怎样！不管是怎样的13，不管她曾经做过什么，或原本的个性是怎样，我都喜欢她啊！”

那才叫作爱情，不是吗？

“你一定常常赞美她，对吧？”陈郁婷不用猜就直接说道。

“……”

“我猜得果然没错，你太常赞美她了，赞美她的好，她的单纯，这只会让她觉得自己更丑陋，更……”

女人，其实很多时候，在喜欢的人面前伪装了很多事，反而到了最后，受不了的是自己。

“13……”用力抓了把头发，他有些无力。

“喝瓶啤酒吧，那会让你好过点。”

“……谢谢你。”

过了一会儿，郭鸿翔好不容易冷静的时候，这才发现有哪里不对，问道：“唉，你今天不用上班？”

陈郁婷一听，浅浅地一笑：“你真的痴呆了，你已经问过我一次了，现在，我郑重地告诉你——我辞职了。”

对哦，她好像已经回答过这个问题了，他有点不好意思地搔了搔头，他发现自己真的是太容易只专注在一个人身上。可是，他也知道，自己是那种一旦注意上某个人，就不会轻易地转移视线的人。

“辞职了，然后……也告诉自己，该死心了。”

“唉……到底为什么？”他努力假装自己的语气很平淡。

“什么为什么？”

“我不管怎么看……那家伙好像都喜欢你啊……到底为什么你们会变成这样呢？”他边说，边想着那天出门时，明明就看见了那男的在她家门口等着。

“为什么啊……”她自己也想知道呢。

“就因为差十一岁？”

“你知道什么是在对的时间遇到错的人吗？”她忽然缓缓地说着，不知道为什么，说这句话时，她的心很痛，因为第一次听到这句话，不是从一首歌或是一部偶像剧里听来的，而是一个人的嘴里。

“我知道啊，也许我跟13就是这样吧。对她来说，我就是那个对的时间、错的人。”

“呵——那我们算不算错的时间对的人啊？”陈郁婷想缓和气氛地说道。

忽然，两人不自觉地同时沉默了一下。

“搞不好哦……”郭鸿翔笑了笑。

“所以，我有的时候才真的……很讨厌命运。”

当我决定去他那里上班时，我就已经发现了。

发现爱上他的、可悲的自己。

记得那一天，我问过他：“为什么要对我这么好？”

而他却说：“因为我把你当成妹妹。”

这是第一次我对于妹妹这个字眼感到心痛，之后这字眼出现了无数次，但我最后也都痛到麻木了。

一句当成妹妹，彻底合理了他所有的行为，合理了他所有的温柔，也合理了我们之间的关系。

傍晚刚下班，我跟着他带着那只可爱的肉包一起到附近买饮料。

正当我在路边逗着肉包玩时，忽然发现他跟店员似乎在讨论我……

“唉！你跟人家在说我的坏话哦！”我喊道。

“哪有啊？是他问我你是不是我的女朋友啦……”

我一听，愣了愣。

“但是我就跟他说，你有看过爸爸跟女儿在一起的吗？”

“哼！我才想说怎么可能好不好！”我马上赌气地回了一句。

可是，心里却还是有点小小的高兴。

只是小小的。

在走回去的路上，不知道聊了什么，他又提到了刚刚那个话题。

“真是的，那个店员一直问我，还说最近都看我跟你走在一起，难道真的不是吗？”不知道为什么，不是我自己的错觉，我感觉到他在说这些话时，心里头也是跟我一样，小小地高兴着。

“对啦对啦，我就是幼稚到看起来像你的女儿。”我瘪了瘪嘴说道。

“唉，我可没这么说哦，呵呵……”

“那么，你呢？你会想要跟一个看起来像你女儿的人在一起吗？”半暗示地，我说道。

他还来不及回答就被打断，但我确实看到了他那一瞬间的惊讶，听懂的惊讶。

嘀嘀——

一辆黑色的轿车在我们旁边停下，才发现这是他的车。

车窗摇下来之后，里面开车的是一个非常美艳的性感熟女，她缓缓地道："今天回家吃饭吗？"

"嗯…… 你先回去吧。"

"嗯。"女人刻意地看了我一眼，不知道为什么，我心虚地将眼神瞟开。

"原来…… 你结婚啦？"我假装谈笑自若地说。但我知道，这笑容第一次扯得这么痛。

"嗯，是啊，刚才那个就是我老婆。"

"真看不出来大叔还能娶到这么漂亮的老婆呢。"

"哼！那是当然的好不好。"

我们都很努力地维持当下轻松的气氛，很努力地……

你爱我吗？

好几次，我都想问他。

如果不爱，那可不可以不要再招惹我了呢？

可不可以……

陈郁婷才说到这儿，就被一阵阵的门铃声给打断。

从门上的小孔望出去，她就怔住了——

"郁婷！我知道你现在还是不会开门，但我要告诉你，我决定下礼拜一离婚了，我跟她都商量好了，我们决定离婚。所以，礼拜一的晚上，我会在我们的老地方等你，不见不散。"

门的另一边的欧人豪，说完便转身走人。

他终于还是做了决定，这一次他忠于自己的感觉，他不想再被那已经没有了悸动的感情空壳给牵绊住。

他终于看清楚了，他这一次真的不想骗自己了。

陈郁停一听，还是忍不住把门打开："随便你，如果你想孤老一生你就去离啊，我不可能……不可能赴约的。"

他没有转身，只是淡淡地说："没有你，对我来说就等同孤老一生。"说完，他便直接进了电梯。

"真是个情场老手啊，跟汉生有的比。"郭鸿翔吸了吸鼻子道，语气有点刻意的酸。或许是他无法苟同这种结了婚的男人，还花心地在外面拈花惹草，最后搞得大家都伤心。

尤其，他比谁都知道，这位陌生人小姐的伤心。

"……怎样都好，反正，我不会去的。"垂下了眼帘，她努力地掩饰某种情绪。

心跳，居然跳得很快，刚刚欧人豪说的一字一句深刻地、用力地回荡在脑海，就像梦一样。

这样的告白是她曾经幻想过无数次的，只是不知为什么，她却有点无法承受的感觉。

“为什么？你们互相喜欢，他又要离婚了，还有哪里不高兴的？”他随意地附和分析，虽然口头上这么讲，但他其实是很反对她去的。

“就因为他是别人的老公。而那女人有成就、有家业，那我现在又有什么财力和人力帮助他呢？他跟我在一起，没好处的。”理智的她，淡淡地说道。

郭鸿翔一听，微微一笑，这才是他所认识的陌生人小姐。

陈郁婷轻轻地笑了笑，那笑容，连他看了都很难过，见她那瘦小的背影慢慢走进屋的模样，他真巴不得现在马上追出去，告诉那男人所有的一切……就像刚刚一样。

至少别对彼此有误会。

陈郁婷点起了一根烟，用力地吸了一口——然后忽然缓缓唱起一首歌。

周蕙的《爱情无关是非》。

“你知道的，我只当你是妹妹。”

“我知道啊，我又没喜欢你，自恋哦。”

“听过《爱情无关是非》吗？”

“什么歌啊？”

“你太年轻了，没听过。”

"我本来就很年轻啊。"

"自从……这阵子，我常听这首歌哦……"

"是哦，哼两句看看。"

"不要。"

"你是对的人　却在错的时间　错的地点出现

带着错误的感觉　才会找不到对的焦点

他是错的人　却用对的语言　对的角色出现

对的让我无法拒绝　才让我深深陷在错误里面"

没一会儿，郭鸿翔不知何时已经从他家拿了把吉他过来。

就这样，她唱，他弹。

各自想着，念着，不同的人，事，物。

好像，爱情都是这样的。

时而盲目，时而深陷错误。

但每每，总让人无法自拔地，爱得心碎，爱得陶醉。

"唉，错的时间的陌生人小姐，你唱歌不好听。"

"拜托，我没跟你收费就很不错了好不好。"

"不过——真是妙啊。"

“……”

“我们的思念，似乎都可以将不再寂寞了。”

“但是我又没有真正的下决定，你也是，不是吗？你决定接受13的回来吗？”

“……谁知道呢。”

Chapter 13

鼠标和键盘的声音，清脆地在深夜中啪嚓啪嚓响着。

陈郁婷查询了姐姐说的那场比赛的主题内容。

然后，盯着发呆了许久。

“你其实……很想继续画画吧？”

“……”

“可是，有很多时候，自己却还是输给了阴影。就跟我一样。”

“你？大叔也会有阴影啊。”

“嗯，有啊，对人性的阴影。”

她的脑海，又浮现起她跟欧人豪之间的对话。

是那样深刻、清晰、挥之不去。

他说，不管是爱情、友情，除了亲情以外，这两种情感根本不存在。他说，这个世界就是这个样子的，都是由一个又一个由小到大的利益串联而成。

人跟人之间，无论对方是谁，说的任何一句话，以及接近，都是有目的的。

不管那个目的是什么。

他老是这样说，老是。

有的时候，她看着这样的他，会觉得很难过。

他一定也经历过了比她还多的风风雨雨吧。

每当她这样想的时候，她越是想要待在他的身边，想要当他唯一的真实。

“真实这两个字，不值钱的。”

今天他突然跑来她家的举动，他说的那些话，应该是真实的，可是，很矛盾，那些话反而变得像一场幻觉。

“我们不应该变成这样子的，保持好原本的关系就可以了，因为那个女人也是无辜的不是？”她说着，很难过地说着。

爱情，好像常常这样。

总是搞得两败俱伤，总是没有任何一个人可以得到一个全赢。

走出了客厅，她再次执起画笔。

这一次跟前一晚不同，她知道，但她不是多了勇气。

她只是迷惘了。

所以想要借画，来反映出一个真实。

她的手不再颤抖，她的脑海不再有鲜血的记忆，只剩平静。

努力拼凑出来的一个平静，让她现在只想画画。

而后面房间的计算机屏幕上显示的画画主题则是爱情。

到底什么是爱情？她想，只要在画完工之时，就会变得很清楚。

不知道已经反复看了那封信几百次。

他知道，自己只是越看越烦，越看越是不明白，越看——

“好奇怪……你说要回来了，为什么我心里却这么忐忑？”

瞥了眼客厅的落地窗，才发现，原来他家的格局跟陌生人小姐家的一样。

“也对，我们是住同一栋大楼的嘛……”难怪陌生人小姐老骂自己白痴，真的很白痴……

只是，落地窗外的风景，还是有那么一点点的不同。

他慢慢走出了阳台，然后看着外头。

想着那晚在山上跟 13 一起看过的夜景。

想着自从认识了 13 的每一个日子。

“13……过去好像只有我快乐过呢……”是啊，他终于发现了，或许是愿意面对了。

再次地重新回想过去。

他发现了，发现13好像从来没有真正地开心笑过。

到底，她还是爱他的。

爱着那个烂男人。

即使受伤，还是爱。即使她已经跟自己在一起了，她心底最重要的位置，还是那个人。

可是他自己呢？自以为自己能够感动13，自以为有一天13会看见自己的好……

她还是为他自杀了不是？

蠢的是他始终没发现过她的自杀——他不是总把目光的焦点放在她身上的吗？怎么都没有发现过她的变化呢？

“那么现在呢？现在的你，这次的你，是用什么理由回来找我的呢？”

猜不透——

这两年多来，她到底过了什么样的生活，他无从得知。

“我们还有那个机会吗？还有那机会……重新来过？”他对着空气，缓缓地说着。

爱，让人好累。

“那么我这七百多个日子的思念，到底是在思念谁，不是你吗？还是，我只是想要眷恋着回忆而已……”眷恋着那自以为是的眷恋。

慢慢地躺到床上，他盯着天花板发呆。

“还是……我已经习惯了一个人……所以，对于两个人的生活，开始害怕？”

到底是什么原因，他找不到，找不到害怕13回来的原因。

也许，他只是怕结果永远不如自己所想的，所以才想逃避——

“好烦哦……真的好烦……我明明已经等这一天等这么久了……”就像陌生人小姐一样吧，他现在的状况。

明明她是可以拥抱幸福的，可当幸福来到了她眼前，她又为了一些无关紧要的理由而却步。

对了，真不知道——

他跟陌生人小姐还会不会有交集。

也许——不会了吧。

城市某个较为偏远的地方，有着一间老旧的平房，平房的小烟囱甚至还冒着烧饭的浓烟。

这在现代已经是很少见的情景了。

可是，在13的家里，却是传统的久远不变的习俗。

这是她的外公外婆家，近半年多来，她都一直固定在这里生活。

这里很棒，当初外公外婆要她来的时候，这么告诉她。

说这里可以使她受伤的心复原。

戴着草帽的13，轻轻抬头仰望着碧蓝刺眼的天空。

她的心确实好很多了，常常不经意地想起一个人，一个以前总是把她逗笑的男人，也就是她的前男友。

她前两天寄了封信给他，她想他应该收到了。

那里面，存放了她所有的曾经，包括那个男人，虽然她信上没有提到。

但是，她知道的，在几天之后，她会以一个全新的自己回去面对鸿翔，然后重新爱他。

她欠鸿翔很多，真的太多了。

她当初一直在利用他，利用只是单单纯纯喜欢自己的他，所以她得到报应了。

现在，她只想找个绝佳的机会补偿他。

对，补偿……

她其实还不是那么有把握，她也还分不太清楚，在这些休养的日子里，总是偶尔不经意想起的人，对他到底是喜欢多一点，还是愧疚多一点？

但她明白，不管是什么多一点，她这一次，一定要真正地踏出过去、踏出那段不堪的感情，她一定要……往前走。

她不想要再老是从镜子里看见那恐怖的自己了——没有灵魂、没有任何感觉像人的气息的自己，她不想了。

“浩……你已经是个过去了。现在，我要重新开始我的人生，重新地……”

说不出完整的话，她决定就这样沉默。

然后静静地看着天空，想着他们两个人，他会不会此时也正同时在望着这碧蓝的天空呢?

“有时候，感觉回到了原点，但那个原点，却又因岁月的转变，而有了那么一点的不同。”她指的，就是她跟郭鸿翔之间。

只希望，这一次，别再有人受伤了。

他到底挣扎了多久?又有多确定自己想清楚了?

欧人豪坐在自家客厅中，很安静，没有半点声响，偶尔只有酒杯中的冰块声，咔嗒咔嗒的。

他老婆在前一天大吵后回娘家了。

也终于同意对他放手，即使放手的表情是那样心碎。

他很心疼，心疼昨天那样被自己伤害的她，他知道一直以来她总是包容着他身边有其他女人的事实。

但是，这次的他是真的爱上了。

那是对她也没有过的感觉，是真的爱。

“你会出现吧?礼拜一……会出现吧……”他忐忑着。

为什么等他好不容易豁出去了，她又退缩了呢？他们应该是相爱的啊。

这份双方都压抑了这么久的爱，好不容易有机会探出水面了，为什么，还是窒息的呢？

早上七点多，此时的阳光已经很刺眼地从落地窗外洒进家中。

她有些睁不开地揉了揉眼，不小心睡着了……

不过，画也终于完成了。

那是一张同样以蓝色为基调的画。

蓝色，代表着忧郁、等待与思念，上面画了三个人。

三个人各自占据在一个角落，而三个人的目光也都没有交错，其中一个女孩，撑着伞站在马路边，只是静静地看着天空的细雨；而她身后站着一个成熟的男人，紧皱眉头地抽着烟，离她不远，可那距离却巧妙地隔得刚刚好。

在男人右手方不远处，则蹲着一个样貌成熟美丽的女人，一脸无助且悲伤地蹲着，那表情像是在控诉，控诉种种不公平。

即使三个人的眼神、动作没有任何的交错，但从他们各自间隔的距离、散发的情绪中，可以让看画的人多少能感觉得出来——他们三个人各自的无奈，对爱情、也对命运的无奈。

这就是她所认知的爱情。

它并不美好，真的。

美好的是分开过后所剩下的快乐回忆，就像郭鸿翔那样。他说的讲的，几乎都是与13在一起的开心回忆，至于不好的，他选择漠视甚至选择了跳过。

最后，她拿出了一个不算小的印章轻轻地在画上落款——上面印着“仓桥爱”三个字，那是爸爸当初替她取的笔名，接着她将画卷起。

下个月，她会回姐姐那里去，带着这张她在老家体验到的一切的画，去参加比赛，把自己人生的发条重新装好。

至于他——

他——

叮咚。

门铃响起，她勉强地站起发麻的双脚。

“是你。”一打开门，便看见了有着黑眼圈的郭鸿翔。

“你也整夜没睡啊？”他当然也发现了她双眼的浮肿。

“嗯。”

“一起去吃早餐吧。”

“嗯。”

“只会嗯嗯嗯的，是想大便哦！”

“没啊，只是，还能看见你很开心。”她真诚地说着。她一直以为，她一直以为故事说完了，陌生人就该变成真正的陌生人……

“怎么说？”

“我以为我们应该不会再见面了，就像回到了自己该回的位子，然后过着回到轨道的生活。”

“很多事情一旦改变了，就很难恢复原状。”难得他正经地说道。

“比如说爱情？”她漾起一抹带点苦涩的微笑。

“比如说爱情。”而他，也回应了同样苦涩的笑容。

他们一起来到了楼下附近的早餐店，由于两人是一男一女，又同时顶着很明显的黑眼圈，在早餐店坐下后，还听见了不少窃窃私语。

“唉呀呀……现在的年轻人真是体力旺盛呢。”

“是啊，真羡慕呢……哦呵呵呵……”

“我好像被别人误会跟你有什么了，真讨厌。”陈郁婷瘪了瘪嘴。

“什么……是我要觉得讨厌吧，不过，如果你正一点的话，我就还好了！哈哈哈！”

“……欠扁啊，老娘我好说歹说也算是个气质型的美女画家啊。”

“美女？哪里？哪里有美女？”

“可恶！”

她气得嘟起了嘴，让他又忍不住哈哈大笑起来。

曾几何时，到底是曾几何时呢？他们之间的相处总是这么的和乐，一起分享过过去的悲伤后，好像也都一起把那些悲伤渐渐地治愈，变成仅止于过去的一段伤。

“不过说真的，认识你之后，很多事情都变得不一样了，很多曾想象过的奇迹，也出现了……”他说着，仅是说着。

“唉……我们哪算认识，我们只是陌生人，你忘了吗？”她刻意地纠正着。

两人纷纷沉默了一下。

她不说，他还真的忘了，他们只是陌生人，熟悉的陌生人。

可是为什么被她这么一提醒，有一种闷闷的感觉，在胸口、在心口。

“你昨晚为了什么失眠？”他转移着话题。

“画画，完成了一幅画。”有些得意地，她说着。

“真的？”

“嗯，叫作‘爱情’。”

“那我等会儿可以看吗？”

“那我可以跟你收观赏费吗？”

“……”

“哈哈哈！”她笑了，大声地笑了。

旁边的他，也轻轻地笑着。

也许这就是他们喜欢相处的原因，两个总是深陷寂寞中的人，因为某种原因认识了，也因为某些原因开始说起了各自的故事。

“对了，等会儿陪我去买一把新的吉他吧。”

“干吗？你想要找到跟被你摔坏同款型的吉他？很难吧……”

“嗯，只不过不是为了13，是为了我自己。”

“那……你决定了吗？”

“我？我还是……”他的话说了一半就不知道怎么继续说下去了。

“不知道，对吧？跟我一样。”陈郁婷咬了口吐司说着。

才发现，今天的天气是这样闷热。

雨一直下不下来，空气里充满闷闷的味道，实在会让人的心情也跟着起伏了起来。

是那样焦躁，还充满了不安、烦闷。

“记得，这次别再把吉他给摔烂了。”

“哼！”

陪着郭鸿翔到了吉他店，他很快就露出了一种兴奋的表情。

“你都玩吉他这么多年了，怎么看到新吉他还是这么像小孩子啊？”

“拜托，这就叫玩音乐的人。”

“什么跟什么啊……”

郭鸿翔一边看着陈列整齐的民谣吉他，一边说道：“玩音乐的人，如果不保持着一颗青春幼稚的心，而是被现实的商业给局限住的话，是做不出好音乐的。”

“是这样的吗？”

忽然，他看到了一把很不起眼的浅灰色吉他被摆放在最角落的地方，他略过了那些知名厂牌的吉他，也不看一眼其他颜色靓丽的吉他，就将那一把给拿了起来。

一旁的老板见状便走了过来："啊……抱歉抱歉，这把恕不出售。"

"怎么了吗？"

"这把有问题……打算今天厂商来要退还给他们的。"

"哪里有问题了？"陈郁婷不解地说，她看那把吉他好好的啊。

"嗯，的确是把问题很严重的吉他，不论是夸张过高的弦距，或是切割不完全的琴枕部分，连它的颜色也都错了，对吧？"

"嗯，你都说对了，这把应该是黑色的吉他。所以，不好意思啊。"

"怎么卖？"郭鸿翔在老板要伸手接过吉他前说道。

"咦？"

"可以卖吗？那些问题只要重新做个调整都不是问题，我很喜欢它。"

不知道为什么，他就是不希望这一把吉他最后的下场是被拿去销毁，而且他还隐隐约约感觉到，瑕疵的背后其实是耀眼的。

"这、这样啊……那么，好吧，但你得签个同意书，证明是你自己心甘情愿买下的。"

"当然。"

"唉……你干吗？"她忍不住想要说些什么。

“有问题就该被销毁吗？我认为它被重新调整过后，一定会比其他的吉他还要好弹。”

“怎么说？”

“你看它，虽然很多地方都怪怪的，可是最重要的音箱共鸣处，却切割得很完美，然后——”接着他轻轻拨了一条弦，“你听，这声音。”

虽然她不懂吉他，可是这共鸣的声音却是那么的明亮、舒服。

“嗯……”

“所以喽，我们今天算是挖到一个宝了。”

等结账完之后，他又反复地看了一下吉他才缓缓踏出脚步。

“而且这个颜色很像你。”这才是刚刚那一瞬间做决定的最大原因吧，他想。

“哈？”

“老板说原本它应该是黑色的对吧？就像你一样，原本应该是匹画界里的黑马，但却又因为某些因素，混浊了自己的颜色，隐藏了真正的自己，不过有些特质却是怎样都隐藏不住的，不是跟这把吉他很像吗？”

“哼——意思是拐弯抹角地说我是个瑕疵品就对了。”

“你发现啦？哈哈！”

一路上，两人轻松地对话着，就好像一些事情从没发生过般，走到了大楼楼下，两人互看了一眼。

并且，同时深深吸了一大口气。

有些路好像都是这样子的，一直走一直走，走到了最后，还是不得不跟某些人说声再见。

即使根本不想，还是得说。

还是得说。

“再见了，陌生人老兄，这段日子……这段日子……谢谢你。”不再玩笑，这次的她说得很认真。

“你在说什么啊，是我该谢谢你才对，要不是那天……”

要不是那天她因为他的血而吐得一塌糊涂，要不是她简单又尴尬的一个提议，要不是那句——也许。

他们也许到今天为止，都还只是个陌生人。

“再见了，陌生人小姐。我们分享过的曾经，已经告一段落了。而我们，也该是朝着自己的未来，真正踏步前进了。”

不管那个未来，还会不会有交集。

“是啊，该是——朝未来迈步的时候了，呵。”

“嗯。”

叮——

巧妙地、同时地，大楼的两台电梯打开了门，他们给了对方轻轻一个微笑，各自走进不同的电梯，走回自己不同的人生。

在电梯门缓缓关上之时，他俩同时露出一个遗憾的表情。

为了什么而遗憾？他们不想多去解释。

有些遗憾淡淡的就好，轻轻的就好。

且无需多余解释。

他们各自明白，就好。

终于，到了一直让她忐忑不安的礼拜一。

她从早上一睁开眼，就一直在发呆，空气依旧闷热，那种让人快窒息般的闷热。

“怎么……都不下雨了呢？”

要是能下场雨就好了，要是能下场雨，也许她的头脑跟心情就能清晰一点了。

一直发呆到了傍晚，她缓缓地起身走到镜子前——还是，去见他一面吧。

“见一面就好……还是……跟他永远地再见？”

他们之间，从一开始就是个错误，不知道再继续下去会有什么好结果？

“破坏别人的幸福，自己也会遭到报应的。”她呢喃着。

可是现在说这些也没用，伤害早就已经造成了不是？

随意地整理了一下，她带着一份犹豫不决的心情，往欧人豪等待的地方走去。

只是用走的，因为她希望自己能再多一点时间想想。

沿途经过的风景是那样的单调，少了些什么。

是少了什么呢?

忽然，脑海闪过一段短短的记忆，然后，她笑了。

她知道，该用什么来做最后的决定了。

同样也待在家里一整天的郭鸿翔，今天什么也没做。

他很担心那位陌生人小姐，今天就是礼拜一了，可是她好像都还没有出门。

他想，他已经把她当成朋友了，不然不会这样。

过了一会儿，突然听见铁门关上的声音，是她终于要去面对决定了吗?

他松了一口气，可是，心头还是有股闷意。

也许是天气的关系吧，雨一直下不下来，所以空气才会变得这么闷。

他想着，今天，就是第十天了呢。

该怎么决定他当然是不知道，而且越想越烦。

正当他的思绪陷入一阵焦灼之际，忽然，脑海里闪过了一段记忆片段——

“不知道的时候，就用这个来决定吧！”

“啊？”

“命运会帮你解答的，只是要看你敢不敢面对而已。”

几乎是同时，两个在不同地点的人，她跟他，拿出了一枚铜板。

指甲划过铜板的清脆声响轻轻萦绕，他们同时看着在半空中旋转的铜板，接着它掉落地面，然后犹如蝴蝶一般，拼命地旋转飞舞着，让人看不清——真正的命运是哪一面。

“人头。”

“人头。”

两个不同地点的人，看着旋转的铜板，说着。

随着铜板越转越慢，然后在准备停止之时，他们的嘴角都轻轻地笑了。

直到答案显现的那一刻，都一起笑了。

陈郁婷缓缓抬头看了看四周，这才发现自己居然刚好停在一个没什么人和车的十字路口。

一个十字路口。

以及，地上一个代表着命运的铜板。

滴答……滴答滴答……

一滴、两滴……越来越多的雨滴缓缓落下，地上沉寂已久的闷热湿气跟着缓缓上升。

一切都开始清晰了。

她闭上眼睛，不闪也不躲，就这样迎接着这场雨。

而还待在家里的郭鸿翔，则收起了铜板，摇摇头笑着，瞥了眼外面逐渐下起的雨，他撑了把伞，然后，出去面对他的命运。

这场雨，来得不突然，可是对一些人来说，却是一个奇妙的转折。

等了一整天的欧人豪，显得有些疲惫，接着，他接到了一个电话，电话里的声音有些憔悴，淡淡地说着："我没有签字，所以，回家吧。"

"子琳……"

他听着，只是听着。

握着电话的手，紧紧地，握着。

"为什么？"他沙哑地，慢慢地问着。

"因为，我爱你。"

莫名的鼻酸，让他把电话抓得几乎要捏碎了，他努力地忍住，忍住那瞬间的哀伤以及后悔与清醒。

13 正缓缓地拖着行李，在外公外婆目送之下要离开这待了两年多的地方。

还是有点害怕离开这儿去面对外面的世界，她始终知道自己为何会害怕。

就在准备转身往大门走时，大门口出现的人影让她瞬间瞪大了眼。